银河边缘
- 010 -
种植宇宙

主　　编：杨　枫
总策划：半　夏
执行主编：戴浩然
版权经理：姚　雪
海外推广：范轶伦
文学编辑：余曦赟
　　　　　田兴海　李晨旭
　　　　　大　步　刘维佳
　　　　　黄浩然　单卉瑶
责任编辑：施　然
监　　制：黄　艳
美术设计：冷暖儿
　　　　　张广学
封图绘制：
　　　　　[瑞典]
　　　　　基连·恩

Contents

ICARUS AT NOON
/ by Eric Leif Davin 1

PLANTING COSMOS
/ by Yang Jiandong 13

FAST-FRIEND / by George R. R. Martin 47

NOTHING EVER HAPPENS IN ROCK CITY / by Jack McDevitt 89

ROBOT MONK / by Li Yifei 97

THE ORPHAN TRACTORS
/ by Ralph Roberts 117

STREET OF DREAMS, FEET OF CLAY
/ by Robert Sheckley 151

MESSAGE FROM THE DEAD
/ by Molay 179

GALAXY'S EDGE

PLANTING COSMOS

银河边缘 GALAXY'S EDGE

010

种植宇宙

主编 —— 杨枫

新星出版社 NEW STAR PRESS

目 录

烈日孤星 1
[美]埃里克·利夫·达文 著　杨 嵘 译

种植宇宙／杨建东 13

暗博格 47
[美]乔治·R. R. 马丁 著　仇春卉 译

岩城无波澜（星云奖提名作品）............... 89
[美]杰克·麦克德威特 著　吴 垠 译

机械僧／伊眯 97

拖拉机孤儿 117
[美]拉尔夫·罗伯茨 著　付 斌 译

梦想的城市，泥足的巨人 151
[美]罗伯特·谢克里 著　肖承捷 译

死者留言／埋 名 179

ICARUS AT NOON

by

Eric Leif Davin

▽

烈日孤星

[美] 埃里克·利夫·达文 著 / 杨 嵘 译

埃里克·利夫·达文，美国科幻史学者，著有《拓宽幻想：对话科幻小说奠基人》《幻想合伙人：女性与科幻小说源起，1926—1965》等。

Copyright© 2014 by Eric Leif Davin

地狱降临。区区1700万英里[1]之外的太阳看起来比地球上看到的大了30倍,好像炽热熔炉泼洒出的火焰横过天际。很快,超过500摄氏度的高温就会蔓延过来,把桑地亚哥·德·克鲁斯烤熟。看着变得越来越巨大的太阳,桑地亚哥保持着打坐的姿势,慢慢地呼吸,飘浮在伊卡洛斯那被太阳炙烤得焦黑的地面上空。地球在8000万英里之外,桑地亚哥做好了赴死的准备。

本来情况不会这么糟糕,都是因为那场事故。他在任务的最后阶段关掉了飞船的电脑,想着这最后一颗人类未"接触"的处女星球绝不能让机器率先着陆,应该由他迈出属于人类的一小步。

桑地亚哥驾驶着飞船进入伊卡洛斯背阳的扇形阴影中,慢慢靠近。他本打算把飞船停在这颗小行星的近距离轨道上,自己穿着宇航服滑行着陆,但计算出了偏差,先是警报大作,然后逆推火箭点火,接着飞船就慢慢撞上了小行星。

小行星嶙峋的表面刺入船体,把飞船撕出了一道长口子,舱中的氧气喷涌而出。这道横贯裂口虽然不至于让飞船彻底报废,但也让它丧失了所有的功能。它再也不可能飞回地球去了,只能飘浮在这颗小行星的引力场内,随着它围绕太阳做409天一年的公转。在飞船抛撒出去的、飘浮在小行星表面的

---

1. 1英里约合1.609公里。

碎片中，有一个身着宇航服的人，那就是桑地亚哥。

桑地亚哥是个老手了。他见识过火星腹地的壮观美景，漫步过木卫一那翻滚沸腾的地面。他监督过这两颗星球上的基地建设，还曾独自在冥王星上建造了深空观测站，那可是一项所有人都认为不可能完成的任务。也正因为他算是老资历，所以他很能理解为什么人类会退出太空开发——为了省钱，而且也是大势所趋。

另外，因为有了VR技术，所有他去过的地方都可以在虚拟现实中重温。只要是被拍下来的地方——不管是机器人还是真人拍的，都可以轻易在虚拟现实中重现。只需要在设备中插入一张合适的光盘，你就可以故地重游，或者踏上新世界。你可以在火星上的沙尘暴中体验一把绝地求生，也可以在木星的幽暗大气层中急降，甚至是闯一闯木卫一上正在喷发的火山。当虚拟变得跟现实一般无二，谁还会去危机重重的现实中闯荡？但桑地亚哥却心有不甘，"可那并不真实。"他一直这样告诉自己。

在他周围，名为"宁静站"的月球基地就像一个忙碌的巨大蜂巢。而当桑地亚哥走进基地的时候，却没有看见一个人类，到处都是来来去去忙碌着的机器人，有些在进行天文观测，有些在建造生产氧气、氢气和其他原材料的工业设施。这些工厂不仅为月球基地生产物资，还为其他太空基地提供材料。地球上早就停止了大规模工业生产——太空生产既便宜又安全，这里有着丰富的原材料，运输还方便。产品由重力井源源不断地投送到地球上，地球母星则享受着整个太阳系的供给。

遍布太阳系的这些机器人到底提供了什么？桑地亚哥暗自腹诽。从水星到木星再到冥卫一，它们甚至挤到了太阳系外——智能探测器探索了太阳引力场的边缘地带，又继续向最近的恒星飞去。

从一开始就是这样，桑地亚哥对此不平久矣——是机器最先到这儿的，第一个上太空的不是苏联人，而是早在1957年苏联发射的人造卫星"伴侣号"。它在夜空中向地球上的所有人一闪一闪地宣告：是机器第一个上了太空。第一个到达地外星体的也是一台大机器——苏联的探测器"月神号"，它于1959年坠毁在月球上。1971年，又是苏联的无人飞船第一个到达火星。随后便是一个接着一个星体：金星、火星、木星、土星以及它们的卫星、哈雷彗星，乃至小行星带；一个接着一个的探测器：水手号、先锋号、麦哲伦号、维京号、探路者号、伽利略号、旅行者号。所有地方，都是机器最先到那儿。

"它们终将会来到这儿，"桑地亚哥思忖着，"人类在太空的出现终归只是短暂的打扰，把人类这些脆弱又昂贵的多细胞生物送上险恶的太空实在是没道理的事。这里不需要他们。在水星、金星、灶神星、火星、木卫一和土星上的机器人工作站可以很好地完成任何人类能完成的观测和实验任务，不仅不用花多少钱——所有昂贵的维生系统和设备都可以不要,那些流线型高效率机器的运行成本简直可以忽略不计,而且还安全,至少从人类的角度来说。如果一个遥远的前哨站发生了巨大灾难,损失掉的也不过几台机器而已。"

联合国太空署早就发表过声明,宣布太空是人类的"禁区"。自那以后,从太阳系边缘开始,人类驻扎的设施一个接一个地关闭了,取而代之的是智能机器人。如此一来,人类的足迹一圈圈地缩回地球。月球基地"宁静站",这个半埋于月球宁静海地下的设施,是人类最后一个撤离的地方。当最后一批工作人员结束工期返回地球之后,就轮到了桑地亚哥。他真的成了"月球上的最后一个人",负责收尾工作。

桑地亚哥继续巡查,虽然绝大多数时候显得有点多此一举——智能系统管理并随时监控着所有的操作,但他还有职责在身,既然他还没走,就得负责。他进入了建造机棚,在那里面,"普罗米修斯计划"已接近完成,机器人工程师们忙前忙后地对飞船做最后的诊断。很快,这艘飞船就会被发射去探索太阳系内最后一颗处女星体,那颗从前被忽视了的伊卡洛斯。那些无所不在的机器人还没有到过那儿,它们像是突然回过味儿来:这个太阳系星图上的空白小点儿就要被填上了。"真是讽刺啊,"桑地亚哥想,"这艘飞船被命名为'普罗米修斯',一个从上帝手里偷走火种的家伙。"

桑地亚哥停下来欣赏这艘飞船,真是漂亮的机器,纯月球制造。与所有无论在地球上还是在月球上生产的设备一样，完全是机器自动生产，没有人工痕迹。"这就是问题所在啊。"桑地亚哥想着，"人有什么用？我们完全是多余的。"

实际上也是如此，人们已经不用再从事任何生产性的工作，几乎一无用处。所有东西都是由计算机和机器人来生产，而且无论什么产品，产量都很可观。索尔斯坦·凡勃伦[1]很久以前就曾预言，"机器的过度生产力"会产出远远超过米达斯[2]梦想的巨大财富。果不其然。对于人类来说，唯一能做的就剩下消费这些财富。

不，应该说是对于消费得起这些财富的人来说，而大多数人没有机会。地球已分化成了天堂和地狱两极，普通人被打入地狱：没活儿可干，连招工传单都没有。被称为"吃白食的寄生虫"的大部分人——游手好闲的下等人——被锁在了天堂的门外。天堂里是同样游手好闲的上等人在游戏人生。如果那些下等人实在没事找事，一所所监狱正等着他们。桑地亚哥不属于有产阶级，他在地球上并没有舒适豪华、警备齐全的高层住房。如果一个机器人可以完成他的工作，还不要工资，那他就彻底失业了，等待他的就只有和那些下等人一样的命运。他

---

1. 索尔斯坦·凡勃伦（1857—1929），美国社会学家、经济学家，制度学派的创始人和主要代表人物。
2. 米达斯，希腊神话中的弗里吉亚王，他极度贪恋财富，求神赐予点物成金的法术。

一旦完成在月球基地的工作,那就是他的归宿。"我为什么要回地球?"他想着,"那还不如去死。"

普罗米修斯的任务是在伊卡洛斯这块太阳系中最热的石头表面建立赫利俄斯观测站。伊卡洛斯是水星的卫星,是颗镍铁行星,平均直径只有2英里,比火星的最小卫星火卫二戴莫斯(平均直径7.9英里)还要小。它背阳的面积只能勉强停放一艘飞船,而且这飞船还得轻如羽毛。伊卡洛斯的重力只有地球的万分之一,一个人即便身穿厚重的宇航服,也不可能在它表面行走,只能用手穿过15平方英里嶙峋焦黑的表面,就像在加勒比环礁潜行的潜水员。

赫利俄斯观测站建立起来后会是一个物美价廉的永久全自动太阳观测站,用于观测太阳翻涌的光球层、色球层和日冕层,以及它们不同的温度、朝向和视觉特性。曾经有太多的无人观测飞船被太阳吞噬,而赫利俄斯站建在伊卡洛斯之上,轨道稳定,安全无忧。

另外,伊卡洛斯四小时的自转周期为观测太阳的色球层和日冕层提供了有效的窗口期——这两个在光球层之外的滚热气体层,虽然自身发光,但会被太阳表层的强烈光线所掩盖,要观察它们就得遮蔽掉太阳表面的强光。一旦夜晚来临,赫利俄斯站就可以观测到由星尘反射太阳光形成的朦胧灰暗的椭圆形黄道带光——这在白天也是会被太阳光淹没的。

而且,由于它极其扁平的椭圆形轨道,它在近日点的温度是水星表面温度望尘莫及的。从水星上看到的太阳，只是地球的两倍大，而在伊卡洛斯上看，太阳则占据了整个天空。水星的表面温度最高可达427摄氏度，而在伊卡洛斯上，离近日点还有一周的运行距离时，最高温度就能达到538摄氏度。普罗米修斯就计划在其近日点登陆伊卡洛斯。

普罗米修斯快建造完成时，桑地亚哥泡在建造机棚里的时间越来越长，他对这最后一艘可以近距离亲身观看的飞船越来越熟悉。最终，他做了个决定。桑地亚哥曾经独立建造了太阳系最边缘的冥王星上的深空观测站，要是让机器人来建设太阳系最内端的人类前哨站，那桑地亚哥才是见了鬼了。他开始编写指令，更改普罗米修斯的设计和建设工程，不过修改得并不多，只是让飞船可以容纳一位人类宇航员而已。

还有谁能阻止他呢？他是月球上的最后一个人，而且，由于只有他负责向地球控制中心汇报工作，要隐瞒自己的所作所为实在太简单了。就算最后地球上的上司们发现了他的计划，也来不及阻止了。

"桑地亚哥！立即停止，返回月球基地！"他们命令道。

"不可能，"他回答，"我正前往太阳。我会在最热的地方登陆伊卡洛斯。"

"你疯了吗，桑地亚哥？你是在自杀！"

"对啊，我是疯了，你们能如何呢？炒我鱿鱼？"

"你为什么要这么做？"

"就像埃德蒙爵士[1]说的,'因为它就在那儿!'"

"桑地亚哥,你在破坏这项价值数十亿的科学任务!"

"那来抓我吧!"桑地亚哥说完就关掉了和地球的通信。他知道会有人来追他,但他还是会先到达伊卡洛斯。

当桑地亚哥清醒过来时,他发现自己正飘浮在一座陡峭的小山之上,身下焦黑斑驳的地面逐渐远去。一阵短暂的头晕目眩之后,他意识到了自己在哪儿,视线也清晰了起来。身下的小山是他离伊卡洛斯最近的地方;在他的上方,普罗米修斯的残躯飘浮在小行星的阴影里;在他的侧方,不远处那半球形的地平线正闪动着火光,太阳要出来了。

桑地亚哥必须得行动了,太阳的恐怖高温瞬间就会令太空服的冷却系统过载失灵,他就会变成火炉上的龙虾。他蜷起身体,又猛地展开,伸手抓住了伊卡洛斯地面上突出的石头。"这是我个人的一小手,"他说,"但却是人类的一大手。"

然后,他伸出另一只手抓住前方地表的另一块突起,就这样他双手交替,拉着自己前进。全身不到30克的重量使他可以很快在小行星的表面倒立着移动。由于伊卡洛斯的自转速度只有每小时1英里,桑地亚哥旋即看见了超高温气体发出的巨大热核火焰,那是太阳正在身后沉入地平线之下。他继续前行,进入伊卡洛斯夜晚那低于零下50摄氏度的天堂地带。很

---

1. 埃德蒙·希拉里(1919—2008),世界最著名的登山家之一,登顶珠峰第一人。

快,他就来到了小行星夜晚区域的中心位置。他想,只要他不断前进,始终跑得比太阳快,就可以活下来。而且这样的运动也丝毫不费什么力气,他可以一直持续下去,除非宇航服里的氧气耗光。

桑地亚哥慢慢地爬着,尽量避免氧气的非必要损耗。但他知道这也只是权宜之计,最后,氧气还是会耗尽。"太阳迟早得吃了我,"他想,"就像吞噬掉那个叫伊卡洛斯的神仙[1]。"

他停了停,慢慢地呼吸,一只手抓住地面的一块儿小岩石突起固定身体。他回过头看向自己来时的方向,那里的地平线下有一只"地狱犬"正在紧追不舍。既然他终究会被它追上,那为什么不主动面对呢?

桑地亚哥放开手,让自己飘浮在地面几英寸[2]之上,盘起腿打坐,一边放慢、稳定自己的呼吸节奏,平复心跳,一边开始思考。主要的问题是自转,还有氧气量。"如果这该死的大石头没有自转,我就可以永远躲在背阳面。如果我有足够的氧气,也可以……"但对于这两个问题,他都无能为力。

在前方越来越亮的曙光之中,桑地亚哥注意到了一个亮点,就像地球上晨光前的启明星。随着伊卡洛斯缓慢的自转,它离桑地亚哥越来越近,也越来越大。突然,桑地亚哥意识到

---

1. 希腊神话中,伊卡洛斯与其父代达罗斯使用蜡和羽毛造的羽翼逃离克里特岛时,他因飞得太高,双翼上的蜡遭太阳融化跌落水中丧生。
2. 1英寸等于2.54厘米。

那是什么了，是"普罗米修斯号"！它还在碰撞之后的位置，静静地飘浮在距离小行星大约两英里的空中，随着伊卡洛斯一起围着太阳转动。桑地亚哥突然有了一个大胆的念头，他把那些消极的想法都抛诸脑后，感觉到心脏在胸腔里狂跳起来。"那不就是我的庇护所！"他想，"那里还有氧气，只要氧气罐没有损坏。"可两英里的距离，虽是咫尺之遥，却也难以逾越。

桑地亚哥蜷起双腿，计算着前进的方向，使出全力在伊卡洛斯的地面上猛地一蹬。这一跳使他拔地而起，以潜水者的姿态，双手直指前方，飞入太阳那炽热的光焰之中，直向那艘破损的飞船冲去。周围的温度陡然飙升，强烈的紫外线辐射将他淹没，但是他依然伸臂翱翔着。这一段跳跃似乎永无止境。"如果我错过飞船，"他想着，"我就会直直地坠向太阳。"

他最终完美登船。桑地亚哥飘浮在"普罗米修斯号"舱体内，等待着从地球来的飞船。营救飞船接收到了他的求救信号。他们会逮捕他，可能还会把他扔进监狱，但这是人类在太空的最后一次机会。其他都不重要。最重要的是，人类在机器之前到达了太阳系中最后一块处女地，一个人类在近日点登陆了伊卡洛斯，而他的翅膀没有被融化。

桑地亚哥·德·克鲁斯看向窗外漆黑的太空。点点星光穿透黑暗在闪烁。它们召唤过他，引领他探索过十余颗星球。可他再也不能接受它们的严苛考验。"但这都不重要了，"他想，"即便遥不可及——星辰依然闪烁。"

PLANTING COSMOS
by
Yang Jiandong

▽

种植宇宙

杨建东

杨建东，曾以《美女世界》登上磨铁中文网点击量第一名，总点击量破2000万。写过《三体》同人小说。此外，还创作过《我当上帝那些事》(被马伯庸推荐，网络点击量超过200万)、《上帝们的那些事儿》(在知乎热烈讨论，点击量超过百万)、《巨人岛》《我在精神病院当医生》《平行人生》《最后一个人类》等多部科幻、奇幻、社会和心理学作品。其中，《我在精神病院当医生》在台湾出版后进入新书销量前十。

本文为《银河边缘》中文版专发篇目。

一

1991年。憨娃儿七岁。

憨娃儿出生在一个犄角旮旯般的偏狭小山村，村口对着一座种满黄茶的小矮丘，连绵起伏的矮丘之下，是自家的十亩稻田地和几座零星碎散的小草庵老土房。

只要碰上日头晴好，憨娃儿就会抱着一本皱巴巴的图画册子坐在村口的风水石上，咂巴咂巴含着酱油拌饭残剩的米粒儿的小嘴，怔怔出神地望着远处田地里正在干农活的老爹。

现在秋高气爽，田野里的稻谷熟了，黄灿灿的就像是铺在大地上的一层厚厚的碎金子。在徐来渐劲的秋风吹拂之下，沉甸甸的稻谷有节律地波动着，像是花姑娘身上的金色锦缎。

山风卷来阵阵稻香袭人，让憨娃儿只觉自己仿佛置身于花海之中，赏心悦目，飘然欲仙。

憨娃儿很崇拜自己的老爹，老爹是个能人，村里人叫他"全把式"，田里的活、水里的工，他样样精通，垦土、晒种、选种、浸种、催芽、洗磨、砻谷、碾米、砌墙、烧砖、箍桶、劈篾、搓麻绳、舂粉子、磨豆腐、编蓑衣、织芦筐……他都会。

憨娃儿特想学老爹的本事,可是老爹却坚决不让他下地干活,顶多让他坐在远处瞧着。

老爹告诉憨娃儿说,只在刈田里混饭吃,顶天了也只能奔个饱腹,是没有前途的,等憨娃儿长大了,可千万不能学老爹,过着被蚊虫叮、被蚂蟥咬、被土牛扎的苦日子。

"一定要读书,要有出息,绝对不能再干这播田种地的活儿!"

那时候,憨娃儿直愣愣地瞪大了眼睛,似懂非懂地对着自己满脸髯泥的老爹连连点头,嘴里呜呜出声。

一个又一个秋天,憨娃儿就这样看着老爹在田里弯着腰,蹲着八字,倒着手握住稻子秆,用镰刀一前一后一拉一推,割下一兜兜的金黄稻谷。

大滴大滴的沉重汗珠从老爹额上扑簌簌落下,憨娃儿老爹仰脸时,大滴大滴的浑黄汗珠滚进他干涩的嘴里,稻子沾满了露水的柔韧叶片,锯着老爹破旧的麻衫和面颊。憨娃儿看在眼里,顿时心里升腾,就穿着沾染黄泥的雨鞋,举着水壶扑哧扑哧跑进泥地里,给老爹递上一点清凉水。

这时候,老爹脸上的抬头纹会挤成一捆,他接过憨娃儿手里的水壶,严肃地指着稻田的边缘厉声厉色地说道:"读书去。别耽搁时间。"

每次听到这话,憨娃儿都不敢惹毛自己的老爹,只好悻悻地拔腿离开田里,去村口的风水石上重新捧起自己的课本,一字一顿地背诵。

为了让憨娃儿能去镇里念书，老爹卖掉了家里两头宝贝的老黄牛，陈年的老黄牛在地里耕作久了，筋肉结实，肉质有韧劲，一口下去咯啰啰直响。城里头大凡有钱且爱讲究的食客，不时会特地到村里来采买上年头的黄牛肉，而且这些人不爱杀价，憨娃儿老爹就像宰牛般从他们身上宰够了给憨娃儿上学读书的票子。

憨娃儿也算争气，靠着一副挑灯夜读、宵衣旰食的憨劲儿，在班上读书成绩也是顶呱呱。别人说他书呆子，憨娃儿也只是憨笑连连，不跟人计较。

上高中时，憨娃儿考上了城里数一数二的实验班。又焚膏继晷了三年，憨娃儿顺利考上了一所口碑不错的一本大学。

为了供憨娃儿读大学，憨娃儿老爹卖掉了自己当作心头肉的手扶拖拉机，又穿着破蓑衣顶着雨季的绵绵雨幕去山上挖了个把月的金蝉花，卖给村里有客源的老中医。

憨娃儿也出息，读了本科又自己打工读了研，之后又考上了省公务员。

憨娃儿爹明白，憨娃儿没有辜负自己，他再也不用回到山沟沟里来吃苦了，他可以在繁华喧嚣的省会城市里每天见到那个花花绿绿的世界，在开着冷气养着盆栽的办公室里对着防辐射屏电脑给领导写报告。

等憨娃儿从一株小苗子长成一棵独自遮风挡雨的参天大

树，憨娃儿老爹也老了。他的头发被风雨吹白了，就像是爆开的白棉花；耳垢也多了，就像是积了多年风尘的破窗；脸上的皱纹更交错麻乱了，就像是黄泥地里犁出来的七纵八横的道道墒沟。老爹自己明白，再要下地干农活，已经没有以前那么容易轻松了。

老伴儿去了以后，憨娃儿老爹更孤独了，有时候，他会坐在村口的风水石上，愣愣出神，脑海里回想着憨娃儿小时候像跟屁虫似的跟在自己屁股后头的模样，眼眶渐渐发红。

忍不住寂寞时，老爹会默默抽着祖上传下来的旱烟，一边抽一边咳嗽，鼻腔和嘴角冒出白花花的烟气。

一抽，就是一个上午。

这天，村里细雨绵绵，地面蒙上了一层白纱般的薄薄水雾，憨娃儿老爹依然坐在村口的风水石上默默叼着旱烟，愣愣出神。滴滴答答的雨点流成蜿蜒的雨丝，又汇聚成涓涓的细流，从土屋檐角上的鳞鳞灰瓦边缘细细垂下，把他灰色的麻布衣濡湿了大片。

一阵凉飕飕的风夹带着雨和泥的清新，钻进了憨娃儿老爹的衣领缝里，憨娃儿老爹羸弱的身子骨顿时哆嗦起来，他的肺一阵收缩，喉头剧痒难当，开始剧烈地咳嗽，这一咳嗽，就停不下来，直咳得旱烟都落在了地上。

憨娃儿老爹想起了自己下土的老伴儿，想起多年前自己也这般坐在村口看雨景咳得泪流满面，那时，老伴儿常会悄无声息走过来，把一件用麻茎皮沤制后做的旧衣服盖在自己身上，憨娃儿老爹回过头，看到老伴儿冲自己微微一笑，也不多话，一切尽在眼神中。麻衣挡风效果不好，冷风还是穿过衣缝钻进来，像是无数冰冷的蚂蚁在身上爬，但憨娃儿老爹还是觉得心里暖烘烘的。

可是如今老伴儿走了，还有谁来给自己送一件暖衣？

"爸，雨这么大，你咋还坐外面呢？"

身后突然响起一道清澈的声音。

憨娃儿老爹僵住了身子，两秒钟的钝滞后，憨娃儿老爹只觉得有什么温暖的东西盖在了自己的肩上。

老爹缓缓转身，却看到一个干瘦高挑的身影正站在自己身后，他刚把一件黑色的纤维大衣罩在自己肩上。

这不正是自己日思念想的憨娃儿吗？

"憨娃儿？咋想着回村里来了？"憨娃儿老爹眼角湿润了，他揉了揉眼角不知道是雨水还是泪水的液体，哽声问道。

憨娃儿似是早有准备，他咧开了唇瓣宽厚的大嘴，憨憨地笑道："爸，其实我一直想跟你说来着，我当初考的是农科院的公务员，我现在在淡水水产研究所当科技特派员，前些日子我主动申请分配到咱们村儿，给大家推广新技术来了。"

"农科院？你进了农科院？还搞新技术？啥子新技术？"一连串的发问如连珠炮般从憨娃儿老爹口中喷出。

"就是水泥筑堤、深水养鱼的新技术啊。我考察过咱们这儿的土质和水质了,咱们可以把山坡改成梯田,然后用水泥在边缘筑小堤,让稻田里的水位从原来到脚踝处上升到膝盖处。使用这种配套技术和种养新模式,咱们这里的山就可以变成梯田,那样就既可以养鱼,又可以种田,田鱼单产可以提高到一百五十公斤以上,利润估计能提高到一千五百元以上,年利润比现在的黄茶还要高五六倍呐。"

憨娃儿说的一大串七弯八绕的科技词汇,憨娃儿老爹没怎么听懂,但是憨娃儿的意思,他听懂了。

顿时,憨娃儿老爹板下了老脸,声色俱厉地说道:"这不还是回家来种地了吗?"

憨娃儿见到老爹神色不悦,憨憨地笑着说:"爸,你不是说当官要为老百姓谋福利嘛。我虽然就是个蛋大的公务员,但能为村里的老乡们谋福,也是好事一件啊。带着村子里的老乡们走上发家致富的路,多好。"

"荒唐!"

憨娃儿老爹霍然起身,抬手冲着憨娃儿那被雨水打湿的脸就是一记响亮的耳光,拍得憨娃儿脸上水花四溅。

憨娃儿捂着脸,后退了一步,呆呆地看着自己的老爹,满脸错愕,"爸……"

"种地!种地有什么前途?我不是说过,让你去当官,不准你再干种地的活儿吗?!"

"不是,爸,你不懂,这是新技术……"

"我咋就不懂?"憨娃儿老爹两手攥紧了拳头,气得浑身颤抖,仿佛恨不得把心中的满腔怨怒喷泻而出。

"人要有追求,种地,是永远没有前途的!"

二

2019年,耿娃儿七岁。

耿娃儿是憨娃儿的儿子,他从小在城里长大,但是节假日的时候,他偶尔会来到老爹的村里,看着老爹在村里跟水产专业合作社的村民们谈天说地,谋划农业观光产业发展。

耿娃儿虽然听不懂,但他知道,自己老爹是连接农村和城市的桥梁与纽带,他为自己的老爹自豪。从小耿娃儿就立志要成为一个和自己老爹一样的人物,将来也能够开发大山大河,为美丽的乡村增光添彩。

耿娃儿很喜欢村里的梯田,有时候他贪玩,爬到土屋的屋顶上,望着远方那起起伏伏的梯田,只见连绵的群山尽头,缭绕云雾缓缓汇聚成了"云海",就像积在山顶的白雪,在风的助澜下汹涌澎湃,源源不断地被推向远方。

耿娃儿觉得群山那好看的曲线，就像电视里仙女们的云裳羽衣。

可是好景不长，随着农村人口红利渐渐消失，村里的青壮年男女都一批批去城里打工谋出路了，留在村子里的老农越来越少，靠着鱼稻技术，村里的老农们虽然可以维持生计，但是年轻人却吃不了这样的苦，一个个都向往着城里花花绿绿的世界，不愿意回来，于是村里的荒田越来越多。

耿娃儿八岁那年，省农科院质标所派了研究员来村里考察，发现村里的鱼稻提取的多糖中有重金属超标的现象，达不到国标的秋季二熟稻谷铅含量需小于0.2毫克每千克的规定，而超标的原因是覆土土壤中铅含量较高，土壤中的铅通过水稻根系吸收富集在了稻谷中。

这一结果一经报道，市场一片哗然，村里的鱼稻销量顿时急剧下降，价格也逐年走低，村里几千亩示范基地和水产合作社都做不下去了。

村子鱼稻的"绿色品牌"垮了，耿娃儿老爹在合作社投入的资金也血本无归。

耿娃儿老爹不得已结束了村里十多年的工作，回到了城里的家中。每天，耿娃儿就看着自己的父亲坐在沙发上，一脸消沉和颓废，他默默抽着烟，佝偻着背，一缕缕白烟像是柔软的丝巾袅袅升起。他一边抽一边咳嗽，鼻腔和嘴角冒出白花花的烟气。

一抽，就是一个上午。

耿娃儿给老爹递上茶水，老爹接过瓷杯，在嘴边呷了一小口，只是润了润嘴唇，却没有喝下。

"耿娃儿啊……"老爹拍着耿娃儿的脑袋瓜子语重心长地说，"一定要读书，要有出息，绝对不能再干播田种地的活儿。"

耿娃儿耷拉着脑袋听着老爹的话，一双灵光尽显的大眼睛扑闪扑闪，弥漫着似懂非懂的雾气。

于是，就像老爹期望的，耿娃儿努力学习，刻苦读书。努力考上大学之后，他按照老爹的想法，选了计算机专业。

老爹说，选啥子专业都可以，但是千万别选种地的专业。靠天吃饭不如靠人吃饭，风吹日晒，雨打霜盖，几年下来就积了一身的病，实在不划算。

耿娃儿不敢忤逆老爹的意思，他最怕老爹板下脸来。

就这样，耿娃儿走了。他进了一家全球知名的网络公司，被发派到海外的业务部门后，耿娃儿回来的次数就少了。耿娃儿长大后，耿娃儿老爹也退休了，老伴儿走了以后，耿娃儿老爹也变得孤独了起来。

很多时候，他就在家里的阳台上，提着长嘴小喷壶给一些盆栽浇浇水、施施肥，静静地看着一株株鲜艳欲滴的盆栽花卉的花萼交相辉映，在穿过栏杆间隙倾泻而下的莹灿阳光照耀之下，花瓣上的水珠滚滚汇聚，仿佛在火海中挣扎的泪珠。

"爸，我回来了。"

一天，正在给藿香蓟浇水的耿娃儿老爹身后，传来了一道怯涩的声音。

耿娃儿老爹转身，却看到一个穿着灰衬衫的熟悉身影正站在自己面前，看到儿子的一瞬间，耿娃儿老爹的眼角微微湿润了。

"你咋回来了？"耿娃儿老爹的眼神变得复杂了起来，"你不是在美国工作得好好的吗？"

耿娃儿有些惭愧地看着自己的老爹，红着脸说道："爸……公司最近业绩不太好，我改做VR网络游戏了。最近在VR社区里，有一款'种地'游戏可火了！这款VR软件正在推广味觉体验服务，里面种的水稻和菜都可以亲口品尝呢，在减肥群体里很流行。我现在还是里面的大农场主，每天靠着种地和偷菜，我赚到的钱比在原来公司里干几年还要多哩……"

耿娃儿说的一大串七弯八绕的科技词汇，耿娃儿老爹没怎么听懂，但是耿娃儿的意思，他听懂了。

顿时，耿娃儿老爹板下了老脸，声色俱厉地说道："这不还是回家来种地了吗？"

耿娃儿见到老爹神色不悦，憨憨地笑着说："爸，这可不一样，这次是在网络虚拟社区里种地……不过啊，在虚拟社区里种地的玩家，在虚拟社区种了地后，现实世界里也是有专门的果蔬生产基地种植符合虚拟社区里那些植物的现实对应物，这有点儿像是以前很火的'蚂蚁森林',在虚拟社区里种地,却可以收获现实世界里的果实,专门为体验不到种地乐趣的城市居民准备的……"

"荒唐!"耿娃儿老爹突然抬起手,冲着耿娃儿那写满了兴奋的脸就是一记响亮的耳光,拍得耿娃儿七荤八素。

耿娃儿捂着脸,后退了一步,呆呆地看着自己的老爹,满脸错愕,"爸……"

"不务正业的东西!种地,种地有什么前途?!我不是说过,要做人上人,不准你再干跟种地搭边的活儿吗?!"

"不是,爸,你不懂,这是新技术……"

"我咋就不懂?"耿娃儿老爹两手攥紧了拳头,气得浑身颤抖,仿佛恨不得把心中的满腔怨怒喷泻而出。

"人要有追求,种地,是永远没有前途的!"

三

2047年,讷娃儿七岁。

讷娃儿是耿娃儿的儿子,他从小在城里长大,住的是其他同学羡慕不已的学区房。

打小时起讷娃儿就是家里的宝,好吃的好玩的,呼之即来,喝之即应。讷娃儿吃的是城里的虾仁饼、马卡龙、布朗尼蛋糕、巧克力奶油冰激凌,喝的是芋圆奶茶、红豆牛奶;从小接触的是小镇里的孩子们羡慕不已的卡通人物手办、科幻片战舰模型。

讷娃儿知道自己老爹是一名VR游戏设计师,自己还小的时候,一款叫"种地"的虚拟游戏就在网络社区里红极一时,那时候,不管是学前班里的同学还是自己的叔叔婶婶,三句话都不离这款游戏。

讷娃儿特别敬仰自己的老爹,他觉得自己老爹是世界上最伟大的人,简直就像是创造新世界的上帝!

每次讷娃儿去公司见自己老爹时,就能够看到自己的老爹安静地坐在公司的电脑前,双手十指灵活轻盈地在电脑键盘上腾挪飘闪,一行又一行的代码就像是音频显示器里起起伏伏的波形一样接连生成。看着自己老爹行云流水般的动作,看着他额头上淋漓如雨的汗珠,讷娃儿觉得自己的老爹简直是个坐在钢琴前的艺术家。

"爸爸,我长大了,也要跟你一样,去开发设计游戏!"打小时候,讷娃儿就在心里默默立下了誓言。

不过好景不长,在碎片化信息的时代,玩家们的兴趣来得快,去得也快,讷娃儿老爹设计的游戏确实红极一时,可是没有几年,人们就渐渐对种地失去了兴趣,比起种地这种漫长而需要耐心的游戏，人们更喜欢刺激、暴力，能够促进肾上腺激素疯狂分泌的冲击感官的游戏。

再加上城市种植园的推广，城里的人们也能够在公园和小区的绿地里体验种植瓜果蔬菜的乐趣了，传统老玩家对虚拟种地游戏的需求直线下降。

公司的业绩陡然下滑，讷娃儿老爹失业了。因为年轻时操劳过度，讷娃儿老爹还没等升上管理层，就积了一身的毛病：记忆衰退、椎间盘突出、肩颈炎、肩肌劳损、手指肌腱劳损……讷娃儿甚至觉得自己老爹的肩膀都不对称了。

失业待在家里，讷娃儿老爹每天都慵懒颓废地独自坐在客厅里，胡子拉碴，自饮自酌，酗酒抽烟，唉声叹气。讷娃儿娘劝他，他也不听，就像是一台零件出了毛病的机器人，只知道不停地抽烟。

一抽，就是一个上午。

有时候，讷娃儿给老爹递上茶水醒酒，老爹接过茶水，脸上写满感慨。

"讷娃儿啊，以前，你爷爷劝爸爸别干种地的活儿，爸不听，现在真是后悔啊。你以后可不能这样。"有几次，老爹拍着讷娃儿的脑袋瓜子，语重心长地絮絮叨叨，"一定要读书，要有出息，绝对不能再干播田种地的活儿。"

那时候，讷娃儿直愣愣地瞪大了眼睛，似懂非懂地对着自己的老爹连连点头，嘴里呜呜出声。

老爹的话总是有道理。于是,对老爹深信不疑的讷娃儿就照着老爹的劝诫,刻苦读书。高考后,他没有选择农林专业,也没有选择老爹当年选的计算机专业,讷娃儿选择了工程物理专业。

从本科生到研究生,又从研究生到博士生,十年寒窗如流星飞逝。一路走来,讷娃儿严格遵照老爹的嘱咐,规划着自己的人生。

老爹说,一定要做一个有用的人,做一个对人类有贡献的人,所以讷娃儿选择了能够改造伟大的大自然为人类所用的工程物理。

讷娃儿出了国,参加了国际CFETR[1]大科学项目,一去就是数年。讷娃儿老爹也变得日益消沉。有时候,讷娃儿会忙里偷闲打个电话回家,让老爹少喝点酒,少抽点烟。老爹在电话里连连称是,可是当讷娃儿娘买菜回家时,看到的还是趴在桌上喝得酩酊大醉的老爹。

几年下来,老爹得了酒精肝,右腹经常隐隐作痛,额头上直冒冷汗,那时候,老爹只能用一支笔顶着右腹,用力戳一戳,才能稍微缓解一些。每天感受着身体传来的疼痛信号,老爹会

---

1. 即中国聚变工程实验堆,是中国自主设计和研制并联合国际合作的重大科学工程。

怀疑自己还有多少日子，心情不禁黯淡下来，他最想念的就是自己的儿子。

但是老爹知道，这个世界上，有些鸟的翅膀，家这个小小的笼子是装不下的。

那天，老爹还是一样酗酒度日，讷娃儿娘劝他少喝点，他不听，夫妻俩大吵了一架，讷娃儿娘气哼哼地回了娘家，老爹追悔莫及地手搭额头靠在懒人桌上，浑浑噩噩。

朦朦胧胧中，老爹听到了一道怯怯的声音："爸，我回来了。"

老爹疲惫地撑开眼皮，却看到穿着一身黑风衣的讷娃儿正站在自己面前，眼神游移不定。

老爹有些错愕地看着讷娃儿，问道："讷娃儿？你咋回来了？休假了？"

讷娃儿面露喜色地说道："爸，我被抽调回国工作了。"

"抽调？啥子工作啊？"老爹问道。

"爸，我原本是在CFETR项目工作的，就是人造太阳。现在人造太阳有了突破，政府要利用人造太阳大规模建造地下户内农作物，所以我被委派为第一批地下城户内农作物栽培养殖人员，回到城里来做人造太阳种植户内水稻研究啦！"

听到讷娃儿的话，老爹的表情渐渐僵硬了。

"这不还是回家种地了吗？"讷娃儿老爹板着脸说道，"我不是跟你说过，种地种地，种地是没有前途的吗？你爷爷是种地的，你爷爷的爷爷还是种地的，你能有点出息吗?!"

讷娃儿有些局促不安地说道："爸，这次不一样……这是户内种植。要是靠着人造太阳维系的地下农业能够发展了，那以后就能够解决全人类的粮食问题，让地球人口承载量增大很多倍，这是很有意义的科研项目。"

"荒唐！"讷娃儿老爹霍然起身，抬手冲着讷娃儿那张写满了期许的脸就是一记响亮的耳光，拍得讷娃儿七荤八素。

讷娃儿错愕地捂着脸，后退了一步，呆呆地看着自己的老爹，满脸惊诧，"爸……"

"我不是说过，要做人上人，不准你再干跟种地搭边的活儿吗?!"

"不是，爸，你不懂，这真的是新技术……"

"我咋的就不懂？"讷娃儿老爹两手攥紧了拳头，气得浑身颤抖，仿佛恨不得把心中的满腔怨怒喷泻而出。

"人要有追求，种地，是永远没有前途的！"

四

2065年，犟娃儿七岁。

犟娃儿是讷娃儿的儿子,他从小在地下城长大。

在犟娃儿的时代,由于地表人口急剧增长,大量人员转移到了土地相对便宜的地下城之中,犟娃儿知道自己生活的城市的地下有很多小太阳,打从记事起,他最喜欢做的事,就是跟着爸妈一起去地下城中心的地下农场看小太阳。

在宽阔的地下农场里,戴上了特殊材料制成的黑色滤光太阳镜,犟娃儿可以看到那金灿灿、圆滚滚的人造小太阳,就像橘子一样飘浮在一个环形的金属抬架上,从戒指般的环形金属台架内壁上的孔洞之中放射出的无数激光,交汇在一个固定的靶点上,小太阳就此形成,释放出让人感到无比温暖和煦的光芒。小太阳的四周是玻璃墙壁,各式各样的农作物从地板沿着玻璃幕墙一直蔓延到天花板,天花板上的水果树都是倒着生长的,它们向着小太阳的方向展开枝杈,长出向下的绿叶,仿佛无数双从不同方向延伸而来的手臂,想要拥抱这带来希望和光明的人间珍宝。

犟娃儿的老爹是做户内农场的农林科研人员,做的是利用人造太阳控制地下城市内农作物生长的实验。犟娃儿打小就知道,自己所在的城区里,有一半的农作物都是自己的老爹种植的,犟娃儿对此非常自豪。当他带着幼儿园的小伙伴们参观户内的农作物大棚时,犟娃儿会双手叉腰,喜滋滋地跟小伙伴们夸耀说:"你们每天晚上吃的米,都是我爸爸种出来的!"

那时候,小伙伴们会用钦佩的眼光看着犟娃儿,犟娃儿觉得自己的心里仿佛也亮起了一团小太阳。

与此同时,犟娃儿决定等到自己长大了,也要学着爸爸去种地,有一片属于自己的田园。

不过,好景不长。

由于可控核聚变释放的大量热量加热了地层,导致城市的温度逐年升高,城市气候剧变,天气变得恶劣而狂暴,而且持续时间越来越长。为此,政府不得不紧急停运了犟娃儿所在地下城里用于给农作物供能的人造太阳,那些人造太阳和户内农作物培养基地都被运到了荒僻的山区,由于地形和地区的改变,种植基地也面临机构改革,再加上随着科技的发展,新型人造肉和人造蔬菜的普及,犟娃儿的老爹在这一轮机构改革中……被裁员了。

在科技飞速发展的时代,老科技人员要找新工作是一件很困难的事。

失业后,犟娃儿老爹变得消沉颓废了起来,犟娃儿看到他每天都坐在公园的长椅上,低着头,默默抽着烟,眼神浑浊黯然。

那时候,当犟娃儿担心地走到老爹身旁时,老爹会慢吞吞地抬起头,叹着气摸着他的脑袋瓜子,语重心长地说:"犟娃儿,你要好好学习,长大了以后啊,绝对不要学爸。爸爸以前不听爷爷的话,非要来种地,现在,爸爸是后悔莫及啊……"

那时候,犟娃儿看到自己老爹的眼眶里,溢满噬脐莫及的泪水。

"一定要读书，要有出息，绝对不能再干播田种地的活儿。"老爹懊恼地说，那一刻，他眼中闪烁着的莹莹泪光，深深地烙印在了犟娃儿的脑海里。

于是，犟娃儿刻苦学习，就像老爹说的那样，坚决不走种地的道路。

犟娃儿立志当一名宇航员，他不想研究土地，他想要去太空，去更高远的世界，因为这样，他这辈子就可以和种地彻底撇开关系了。

岁月飞逝，犟娃儿读完了小学，念了中学，最后又靠着他那黄牛一般强壮的体魄，真的成了一名空军飞行员。飞了几年之后，机会来了，他成功地通过了宇航员的严格选拔，成了中国第一千三百六十七批有资格前往空间站的宇航员。

犟娃儿走后，犟娃儿老爹就变得孤独了起来。犟娃儿老爹经营着一家灌汤小笼包店，靠着从犟娃儿娘那儿学来的一点手艺，犟娃儿老爹勉强能在失业后养活自己。

孩子工作后，父母总是老得更快。

岁月的风很快吹白了犟娃儿老爹的头发，也弓弯了犟娃儿老爹的背，更吹走了老爹心中曾经拥有的梦想与野心。年纪大了，他只希望自己的儿子平平安安，早日给自己带个亭亭玉立的漂亮媳妇回来。

一天,犟娃儿老爹在自家餐馆里,忙里偷闲看着柔性贴纸电脑里的网络直播视频,不想突然看到了人类发现"宇宙种子"的新闻报道:

二十日上午九点,我国航天局的二号月面观测基地在月球表面对月球高空进行观测时,发现了大量不明发光物。通过月面侦察机对发光物的信号近距离观察和能谱分析,地面基地的分析人员发现其中包含八次磁子信号,认为这可能是物理学家曾经预测的"超重磁单极子"。经过对信号的分析,科学家认为,该超重磁单极子的质量是质子的一亿亿倍,这样的超级磁单极子,只有在宇宙暴涨初期才会诞生。超重磁单极子的发现,意味着斯坦福大学科学家安得列·林德曾经预言的"单极子"宇宙模型得到了验证!

超重磁单极子也被称为"宇宙种子"。物理学家们认为,这些"宇宙种子"能量级很高,它们处于随时都可能暴涨的亚稳态,只要稍微增加一点能量,达到暴涨的临界点,它们就极有可能被激化、暴涨,形成一片全新的"时空暴涨区"。那将是一个全新宇宙诞生的时刻!

画面中,一个由计算机根据磁信号模拟出来的磁单极子缓缓地浮现而出。那是一个极其绚烂美丽的球状物体,它的表面就像木星一样有着边界清晰的条纹,从上而下分别显现是玫瑰红、宝石蓝和翡翠色。乍一看,这磁单极子就像是一个飘浮在太空中的圆形汉堡。

一边干活一边看着网络电视里的新闻,犟娃儿老爹还没有意识到"宇宙种子"的发现,会令犟娃儿的命运出现怎样的改变。

十年后。

那天,犟娃儿老爹还是像十年前一样懒散而颓废地坐在地下城市老家的沙发上,斜身靠着沙发扶手,稀疏的白发贴在起皱的沙发靠背上,浮肿的眼皮包裹着浑浊的眼睛,盖在他身上的毛毯一角垂落在地上,像是崩塌的丘陵倾泻而下的混乱泥石流。

"爸。"老人耳畔响起了一道熟悉的声音。

老爹睁开眼睛,却看到自己那留着黑密胡髭的犟娃儿正站在自己身旁,扯着毛毯的一角轻轻往自己身上拉。

"回来了?局里放假了?你娘不在了,我不会做面,冰箱里还有点材料,自己做点东西吃吧。"犟娃儿老爹的语气非常颓废。三年前,犟娃儿娘因为肺癌去世了,就算是最新的科技,也没有能够挽回她的生命。

"爸,你又喝酒了?娘不在,你照顾着点儿自己啊。"犟娃儿有些不满地皱了皱眉。

"我自己心里有数……"犟娃儿老爹动了动有些僵硬的脖

颈,眼神里透露出的是浓浓的倦怠。

翚娃儿犹豫了片刻,然后说道:"爸,我这次是从局里请假出来的,在家里只能住两天,两天后,我就要走了,要执行航天任务。"

"嗯,好好干。你可是航天英雄。"老爹动了动嘴唇说。

翚娃儿顿了顿,说道:"爸,这次的任务不太一样。"

翚娃儿老爹微微撑开了眼皮,流露出纳闷之色。

翚娃儿继续说道:"这次我执行的是'宇宙种地'计划,我的工作任务是去撒播'宇宙种子'。"

"撒播'宇宙种子'?"翚娃儿老爹的眼里满是迷茫。

"嗯。"翚娃儿点了点头,"过去十年来,我国航天局用磁场干涉装置捕获了大量的超重磁单极子,物理学家研究了多年后认为,通过超高能的粒子束激活,可以让本来就处于亚稳态的种子满足暴涨的条件,从而让种子内部发生一次小规模的宇宙大爆炸,那时,种子内部就相当于诞生了一个全新的宇宙。人类目前还不能离开太阳系,但现在的科技,却已经可以创造全新的宇宙了!"

"有危险吗?"翚娃儿老爹的眼神变得犀利了起来。

翚娃儿微微点头,说道:"有的。上面的命令不单单是要我激活磁单极子,还要我进入磁单极子暴涨后形成的新宇宙里。爸,去了新宇宙以后,我不知道自己还能不能回来,因为对于新宇宙外的人来说,新宇宙里的一切都是未知的。这次,我是来跟你说声对不起的,如果我回不来了,你……你一定要照顾好自己。"

说到这里,犟娃儿的声音弱了下去,最后,他哽咽着说不下去了,眼角带着晶莹的泪光。

"不行!"听到犟娃儿的话,老爹终于坐不住了,他怒喝一声,一把掀开身上的盖毯坐了下来,然后开始剧烈地咳嗽。

犟娃儿急忙端来茶水给老爹,但老爹却是一挥手,一把抽飞了犟娃儿手里的水杯。

"我不准你执行这么危险的任务!"老爹气急败坏地道,凌乱的白胡髭微微震颤着。

"可是,这个任务,真的很重要。"犟娃儿有些倔强地道,"这关系到全人类的未来!如果新宇宙可以产生大量资源的话,人类以后就可以获得无穷无尽的能源和资源了!"

"那也不行!"老爹气不打一处来道,"我只有你这么一个儿子,我不能让你就这么折了!居然接这种任务,我看你脑子是短路了!'宇宙种子'……'宇宙种子'……我从小告诉你别走种地的路,你倒好,种地都种到天上去了!"

老爹又咳嗽起来,但他还是变声吼着:"我跟你说了多少遍,人要有追求,种地,是永远没有前途的!"

说着,犟娃儿老爹扬起了右臂,一个硬邦邦、脆生生的耳光,眼瞅着就要冲着犟娃儿的脸颊抽打而去。

犟娃儿缩起脖子,眯起了眼,四十多岁的人,在这一刻,却还像多少年前的小娃儿那样紧张和胆怯。

看着犟娃儿缩起脖颈的一幕,老爹突然愣住了。

一股强烈的电流,毫无来由地在他的身体里攒动着,这股电流,触动了他深藏在脑海最深处的记忆。

那是多少年前的事了……

是在老爹还年轻的时候,他似乎也曾经在犟娃儿的爷爷面前,这样缩起过脖子,挨过巴掌。

而老爹的老爹,也告诉过自己,他在年轻时,也曾经如此过……

还有老爹的老爹的老爹……

还有老爹的老爹的老爹的老爹……

"种地是永远没有前途的!"

这句话仿佛一句咒语,开启了沉睡在基因深处的某一把无形之锁,一种强烈的颤动拨动了他的心弦,这股颤动继续扩散,沿着他的毛细血管一直传递到手臂,最后,犟娃儿老爹,居然缓缓地缩回手,一屁股坐回了沙发上。

犟娃儿老爹低着头,眼神黯淡了下去,他用手掌压着脸,用一种仿佛是外力强行挤压声带发出的嘶哑而虚弱的声音说道:"你走吧。"

那一刻,老爹突然觉得自己是真的老了。

犟娃儿有些难以置信地看着老爹,眼中浮现出了满满的惊诧。

"爸?"

犟娃儿甚至已经做好了狠狠挨老爹一顿骂的准备,他万万没有想到,老爹却放弃了留下儿子的执念。

这不符合犟娃儿对老爹的印象。

老爹不是一个懂得宽容的人。

"走吧。"老爹摆了摆手,重复说着。

"去做你觉得对的事。或许,这就是命。"说完这一句,老爹就什么也不说了,就好像他这辈子能说的话都已经说完了。

老爹拉起毛毯重新裹在了身上,而犟娃儿眼中那复杂、犹豫之色,最后也渐渐消退下去,取而代之的,是一种带着执着信念的坚定。

"谢谢你,爸……"犟娃儿轻轻地说。

那声音轻得犹如一颗划过夜空的孤独流星。

一个月后。

"神农号"核动力太空飞船搭载着世界上唯一一台尾波加速器,向着地日之间的L4拉格朗日点而去。

"神农号"的船长正是犟娃儿。

当飞船抵达引力平衡区时,梭子状太空飞船的发射舱前端舱盖缓缓敞开,露出一个黑黢黢的发射口。

随着一道为时不长的倒数计时,一颗散发着绚烂光芒的球状物体缓缓地喷射而出,按照预定的导轨在太空中呈直线缓缓前行。

驾驶室中，犟娃儿双目凝定，冷冷地看着磁子信号显示屏上的超重磁单极子的坐标，呼吸渐渐加快。

绚丽的磁单极子像一团沉睡在宇宙中心的诱人花苞，表面流光溢彩，不断变化着其辐射光谱，带给人一种梦幻而烂漫的视觉奇观。

"发射高能粒子束！"半晌后，犟娃儿高喊。

"发射高能粒子束！"驾驶室里的尾波对撞机操纵员重复着，然后重重地拉下了发射杆。

一道高能粒子束就这样从尾波加速器的粒子束发射口猛然喷射而出！恐怖的高能粒子束犹如一道锐利的刀刃，在太空中猛然割出了一道狭长的破口！

粒子束正中目标！

被高能粒子束击中的那一刹那，超重磁单极子表面的亮度急剧攀升，那白灿灿的球状光团就像太空中盛放的一团璀璨烟花，以惊人的速度向外膨胀开来！

短短时间内，超重磁单极子的体积就膨胀了十个数量级！

但是没过几秒，那团太空中的白光就迅速地黯淡了下去。

当犟娃儿眯起眼睛，重新通过磁子成像仪看着激光命中区时，他倒吸了一口冷气。

原先磁单极子所在区域，此刻留下了一个绝对完美的透明"泡泡"。这个"泡泡"仿佛是女巫手中的水晶球，其表面倒映着整片宇宙中的万千星光!

"是虫洞!"副船长难以掩饰脸上的狂喜之色,"磁单极子激发成功了!"

驾驶室里发出一片欢呼,所有操纵人员都难掩内心的狂喜之色,大家举手欢呼着,甚至还相互拥抱在一起,如果不是因为宇航员在太空有禁酒的规定,此刻他们一定会开一瓶香槟庆祝。

同样响起欢呼的,除了"神农号"里的三十六名宇航员之外,还有地球上的近百亿人。

"你们说,虫洞的那一头,会有新的宇宙吗?"

同船的女分析员眨了眨明亮的眼睛,望着那如肥皂泡般飘浮在太空中的虫洞,眼里满是好奇之色。

"按照单极子宇宙理论,里面有新的宇宙。"犟娃儿说道,"磁单极子被激发后,会发生暴涨,形成新的宇宙,但是由于那个宇宙空间的精细结构常数和我们宇宙不同,那片暴涨区很快就会被排斥到我们宇宙之外,形成一个新的小宇宙,就像是花生长出了新的头,而被激发过的磁单极子,则会变成一个虫洞,成为连接花生两头的通道。"

"就像是气球的吹气口!"

"是啊,就像是气球的吹气口。"

"船长,你说里面的时间跟外面是同步的吗?"

"不知道。外面的人是无法知道的。我们不能保证里面宇宙的时间遵从宇宙平移不变性，那里的一切，对我们来说，都是谜，或许那里的时间比我们的宇宙快很多，我们这边一秒钟，那边就已经过了数十亿年。进入虫洞后，我们就会和现在这个宇宙断开联系了，所以只能手动驾驶，人工智能帮不了我们。"

犟娃儿的脸色依然镇定，在狂喜的同时，他还没有忘记自己的使命。

"准备前进。"副船长说道，"进入新宇宙。这将是改变人类命运的时刻。"

"稍等一下。"犟娃儿接道，"我还有几句话要对全人类说。"

犟娃儿开启了全球广播频道，清了清嗓子，目视着飞船前方飘动着的虫洞，眼角缓缓浮动着晶莹的泪珠。

"地球同胞们，我们的'宇宙种子'结出果实了！这是奇迹的时刻，是全人类值得永远铭记的时刻。因为这意味着，我们人类有了上帝般的力量！我们虽然还不能殖民火星，不能离开太阳系，更不能畅游我们的宇宙，可是，我们已经能够做到撒播宇宙，创造出一个又一个的新宇宙了！

"1964年，俄罗斯天体物理学家卡尔达肖夫曾经提出了宇宙文明等级分层理论，可是如今，我们人类直接跨过了几个文明阶段，从不到一级文明的水平，直接跨越到了神级文明的层次。现实，有时候，甚至超出了科幻作家想象力的边界。

"能够通过我的手让人类见证这一天,我要感谢一个人,那个人,就是我爸。

"我爸爸是个户内农作物研究员,也就是种地的。我的爷爷也是种地的,我的太爷爷也是,太太爷爷也是……我的家族祖祖辈辈都是种地的。种地,似乎是一种命运,我的家族每一代人,都在试图逃脱种地的命运,他们想搞研究,想做计算机,想做高能物理……可是无形之中,仿佛总有一双看不见的命运之手,把我们一代代拉回到这条路上。小时候,我爸爸对我说,长大了,要有出息,千万不要学他去种地。所以我努力学习,参加了空军,希望长大后能够远离大地,飞向天空,遵从我爸爸的心愿。可是没想到,歪打正着,我最终还是成了一个种地的人,只不过,这一次我播撒的,是'宇宙种子'。我要感谢我爸爸,最后那一刻,他没有阻止我走上这条路,让我有幸为全人类开启一个崭新的时代!

"谢谢你,爸。

"爸,儿子走了。

"也许,这就是我们家族的命吧。爸,我相信,命运,是一种比宇宙更伟大的存在。"

说到这里,犟娃儿深深吸了口气,一把抹去眼角的泪水,然后攥紧了拳头,带着一丝颤音高声发令道:

"'神农号',前进十!"

"前进十!"

驾驶室里，群情激昂。

"神农号"的引擎全功率开启，船身全速前进，犹如一头不撞南墙不回头的猛虎，带着全人类的执念，带着亲人们的挂牵，向着前方的新宇宙，猛冲而去！

超宇宙时代，就此开启。

五

超宇宙时代开启第六年。

人类不但掌握了自然界超重磁单极子的技术，还掌握了人工制造超重磁单极子的技术，人类终于开始了种植宇宙的时代。

一号种子宇宙里，一颗被白茫茫的大气环绕的蔚蓝星球的某个不起眼的小山村中，一片幽绿色丘陵连绵起伏，绿色的丘陵尽头，是一片金黄色的稻田。

孬娃儿坐在村口的小板凳上，手里捧着一本破旧的教科书，嘴里念念有词，被汗水打湿的褐黄色皮肤上沾着些许泥斑。

他抬起头，擦了擦额头的汗珠，看向远处正在稻田里苦作的老爹，眼中生出一丝不忍。

孬娃儿放下手中的课本，拿起地上的镰刀，向着稻田走去。

可是，当他用手中的镰刀割下了第一穗稻时，一股巨大的力量猛地拍落了他手中的镰刀。

孬娃儿抬起头，看见了老爹那张严肃而写满了呵责的脸。

孬娃儿老爹怒喝道："我跟你说多少遍了？一定要读书，要有出息，绝对不能再干播田种地的活儿。种地，是永远没有前途的！"

天空尽头，云层深处，一艘长达数百米的巨大太空飞船悄然滑过，稍一现形，又很快隐没在浓云深处，仿佛一条沉入海中的黑鲸。

黑鲸的侧腹上，赫然写着三个大字："神农号"。

"神农号"船舱内，犟娃儿背靠着驾驶座，长长吁了口气。

"地面农作物样本采集成功，确认一号种子宇宙中诞生的星球存在智慧文明。"驾驶室内的分析人员大声汇报。

"返回母宇宙，继续探索二号种子宇宙。"犟娃儿的眼中，闪烁着狂喜之色。

"是。"

飞船驶出了美丽的星球，悄无声息地向着无垠的太空深处飘荡而去。

在可以预见和无法预见的未来里,一艘又一艘带着"宇宙种子"的飞船,还将继续游荡下去,以撒播者的身份,用希望之光照亮一个又一个全新的宇宙。

犟娃儿无法断言,种子飞船究竟会飞向何方,但他的心中,却深存着一个终点。

是宇宙的尽头?

是岁月的尽头?

不,那是梦想的尽头。

FAST-FRIEND
by
George R. R. Martin

▽

暗博格

[美]乔治·R.R.马丁 著 / 仇春卉 译

乔治·R. R. 马丁，美国著名科幻奇幻小说家、编剧，六次斩获雨果奖，两度获得星云奖，十三次获得轨迹奖，曾当选世界科幻大会荣誉嘉宾。乔治·马丁载誉无数，佳作更丰，以《冰与火之歌》为代表的众多作品不仅为他赢得了"美国的托尔金""新世纪的海明威"等极有分量的称许，更奠定了其国际一流畅销作家的地位。

Copyright © 1976 by George R. R. Martin

布兰德大吼一声，在黑暗中惊醒。他的天使连忙朝他飞过来。

天使微笑着飘浮在他上方，翅膀表面笼罩着薄薄一层柔和的金色。她长着一张可爱的娃娃脸，表情总是那么天真，那么温柔。她琥珀色的眼睛又大又亮，蜜糖色的秀发在无重力环境下弯曲、涌动着。虽然天使的容颜是小女孩，却拥有一副完美的女性躯体——苗条的身材、玲珑的曲线，就像一个微缩版的玩具女郎。

"布兰德。"她一边在他的网床上方盘旋，一边说道，"你今天会让我看看那些暗博格吗？"

他抬起头，微笑着看她，顿时觉得刚才的梦境正在迅速消退，"会的，天使。"他答道，"会的，就在今天。来，你先到我这儿来。"

可是就在他把手伸过去的时候，天使突然往后退缩，丝绸般的秀发飘舞着，化作一个个旋涡。她的脸上泛起红晕，仿佛一片缓缓蔓延的浪潮，可是羞怯的神情中又隐隐流露出挑逗的意味。

"哈，布兰德。"她说道。布兰德低声抱怨了一句，伸手解开网床的安全扣。天使朝着他咯咯地笑，然后噘起了嘴，"你不能要我呀。"她的嗓音还是童声，"人家这么小。"

布兰德哈哈大笑，抓住身边的一根把手用力一拉，整个人从网床里飞了起来。然后他凌空转身，朝着天使扑过去。经过十年的磨炼，布兰德已能在无重力环境中来去自如，却无奈天使长着一对翅膀……

两人在空中飞舞翻腾，天使左右闪躲，布兰德总是差那么一点点，始终抓不住她。于是他在空中扭动身体，让双脚抵住舱壁，突然用力一蹬。天使咯咯笑着，侧身避开，还趁他飞过时，用翅膀扫了他一下。只听嘭的一声闷响，布兰德脑袋撞在天花板上，大声呻吟起来。

"哎呀!"天使惊叫道，"布兰德，你没事吧?"说着，她就飞到布兰德身边，快速拍打着翅膀。

他咧嘴一笑，张开双臂抱住了天使，"没事。"他说，"我可是终于抱到你啦。我的天使什么时候变得喜欢逗人啦?"

"布兰德啊，"天使说，"真对不起，我只是跟你闹着玩儿的。我正打算过来让你抱呢。"她努力做出一副委屈的样子，却没藏住嘴角的一丝笑意。

他把她拉过来，紧贴着自己滚烫的身躯，感受着她身体表面那种奇特的凉意。这一次，天使没有表现出半点不情愿。当他亲吻她的时候，她把两只纤弱的小手伸到他背后，紧紧地抱着他。

两人赤裸地飘浮着，就在半空中结合了。布兰德感觉天使的翅膀一直在轻柔地抚摸他。

完事之后，布兰德去衣柜穿衣服，天使在他身边继续盘旋。她的翅膀几乎没怎么动,小巧的胸部还泛着一抹淡淡的金色。

"你真美。"她说。布兰德正在穿一件平平无奇的黑色连体服,"你为什么要躲起来呢,布兰德?为什么你不能像我一样,总是待在这里呢?这样我就能一直见到你了呀。"

"没办法啊天使,谁叫我是人类呢?"他随口回答,并没有认真听她唠叨——同样的话,他已经听过很多遍了。最后,他穿上了靴子。在金属撞击声中,他整个人就被靴子固定在甲板上了。

"你真的好美啊,布兰德。"天使还在喃喃低语,而布兰德只是朝她点了点头。他知道,世上只有天使才会这样称赞自己。布兰德长着宽广的前额、长长的抬头纹、薄薄的嘴唇、暗黑的眼眸、终日深锁的浓眉,以及紧贴头皮的卷发。他虽然还不到三十,样子却很显老。

穿戴整齐后,他稍稍迟疑了一下,打开了焊在衣柜内壁的保险盒子,取出珍藏在里面的一条链坠。坠子上有一颗光滑的黑水晶,水晶包裹住数朵银色的雪花。他把冰凉的水晶捧在掌心凝视。挂有水晶的银链蜷曲着飘向空中,像一条散发着淡淡银光的金属蛇。

此刻,旧日的美好时光涌上他的心头。当年在重力环境下,这条银链是很重的,那块水晶石也相当有分量,不过他依然把它戴在脖子上——因为梅丽莎也戴着一条一模一样的项链。如今,他也时常想戴着它,可在失重环境下,这样做真的很麻烦——失去了重力,链坠总是晃个不停,从不会安稳地停留在他脖子上。

过了许久,他长叹一声,还是戴上了银链。他先把水晶紧贴着咽喉,再把银链在颈部缠了一圈又一圈,最后,水晶石终于被牢牢固定在脖子上,整条项链变成了一个颈圈。虽然很不舒服,但也只好如此了。

天使默默地看着他,身体微微颤抖。其实她以前也见过布兰德把这块黑水晶拿出来。不过,有时候他只是坐在网床上,盯着浮在眼前的水晶石,一看就是好几个小时。他会凝视着那片深邃的黑色,还有那些银色雪花被凝固的舞姿。他的脸色往往会变得很阴沉,态度也随之粗鲁起来。每当此时,天使都会避开布兰德,以免被他吼。

可是这一次,他居然把链坠缠在了脖子上。

"布兰德,"他向控制室走去时,天使问道,"我可以跟你一起去吗?"

他犹豫了片刻,"再等一下吧,天使。"他说,"我答应你,等暗博格来了,我一定叫你出去。现在你就留在这里休息一下,好吗?"说完,他挤出一丝微笑。

她又噘起了嘴,"好吧。"她答道。

门外是一条灯火通明的走廊。这条走廊不长,一端是引擎机舱的入口,另一端是通往舰桥的舱门。走廊四壁是冷峻肃杀的灰色金属墙，两侧还有几扇紧闭的舱门，分别通往货舱、护罩生成器和罗比的舱房。布兰德看也不看这些舱门一眼，径直朝着舰桥走去。

罗比正系着安全带坐在主终端前，盯着无数个显示屏和扫描仪，一脸百无聊赖。她虽然长得矮，身材却很丰满；她有一双绿色的眼睛，颧骨高高的，还留着一头棕色的板寸短发。在无重力环境下，留长发很不方便。当然了，天使都是长发飘飘的，不过那是天使，不是人。

布兰德走进来的时候，罗比冲他笑了笑，表情有点拘谨。可是布兰德并没有回赠一个微笑。他天性爱独行，这次为了改装飞船，才被迫找了个搭档——飞船安装的新护罩是罗比掏钱买的。

布兰德走到另一张控制座椅前坐下来，系好安全带。他面无表情，一副公事公办的样子，"我来接班。"他说着，突然愣了一下，眨了眨眼睛，"航线怎么被修改了？！"布兰德严肃地说，转头看向罗比。

"我发现了一群闪子，"罗比说着，再次挤出一丝微笑，"所以修改了程序。它们距离我们的航线不远，可能只有半个标准小时的航程吧。"

布兰德叹了一口气，"听着，罗比，"他说道，"我们这次的任务不是捕捉暗体。"他把双手搁在控制面板上，向扫描仪输入新的指令，"我们并不打算用暗体换赏金，记得吗？我们的目标是飞去别的星系,然后再飞回来,途中不干别的,也不绕路。"

罗比生气了,"为了投资你这个大项目,我把我的'独角兽号'都卖了!万一你这招不灵怎么办?我们顺道赚一两笔赏金为什么不行?我们反正要去长乐垃圾场,要是能顺便抓一两个暗体带去就最好不过了。那群闪子就在我们上方,它们附近肯定有几个暗体。赚点外快有什么坏处呢?"

"不行。"布兰德边说,边删除了罗比输入飞船电脑里的航行线路程序,"我们距离目的地这么近了,不能节外生枝。"他继续检查控制终端,修改航行程序,修正罗比造成的偏差。他这艘飞船最近才改名为"马车号",并在海卫一的轨道太空港上完成了翻新。两个星期前,他们从太空港启航飞往长乐太空站。这座太空站是一颗人造特洛伊小行星[1],跟随冥王星绕着遥远的太阳公转。此刻他们的目的地就在前方的黑暗之中,只剩下几小时航程了。

"你这人真是又固执又不讲理!"罗比对他说,"你跟钱有仇吗?"

布兰德头也不抬,"没有。我的构想肯定会成功,到时候我要多少钱就有多少钱,你当然也跟着发大财了。所以我劝你赶

---

1. 泛指位于两个大天体构成的引力系统中任一较为稳定的拉格朗日点上的小行星。

快回舱房休息，在梦里慢慢数钞票吧。"

罗比哼了一声，把座椅转了半圈，解开安全扣，双脚狠狠一蹬，飞走了。看那副架势，假如舱门不是滑动的，她肯定会摔门而出。

没了罗比的干扰，布兰德很快就把航行程序完全改回来了。刚才那场争吵，他根本没放在心上。自从离开海卫一以来，罗比和他就摩擦不断——为了捕捉暗体的赏金吵，为了布兰德养的天使吵，甚至为了布兰德本人吵……吵就吵吧，没啥关系。对他来说，这世上最重要的是他的构想、前面的长乐垃圾场，还有远方的星辰。除此以外，什么都不重要。

现在，他只需要再等几个小时就能成功了。他们会在垃圾场附近找到暗博格，因为暗博格们总在那一带出没。不知为什么，布兰德预感到会在那里跟梅丽莎重逢。

不知不觉间，他把手伸到了脖子上。轻轻地，轻轻地，他抚摸着那块冰冷的黑水晶。

曾几何时，布兰德和梅丽莎一起梦想着飞往远方的亿万星辰。

这也是人类共同的梦想。经过岁月的洗礼和高科技的加持，人类世界已经完全同质。文明富足的地球开始变得沉闷，人们需要浪漫和刺激，就必须往外太空寻觅。成千上万的人类定居在月球的各个穹顶生物圈里，火星的环境改造工程也进行得如火如荼,每天都有新移民拥进罗威尔[1]镇、老雷[2]市和巴勒斯[3]城。人类在水星上设立了一个实验室,又在谷神星、木卫三以及土卫六上建立了殖民地,以此作为长远发展的立足点。在更远处的科马罗夫[4]环形太空城,人们正在建造第三艘星际飞船。第一艘星际飞船已经远航二十年了,远征队员都知道,自己将会在飞船上终老,而他们的儿女却能在一个新世界里漫步。

是的,飞向星辰大海是人类共同的梦想。

然而,布兰德和梅丽莎这一代人却是最不寻常的追梦者。

他们很幸运,生在了合适的年代。当他们还是小孩子的时候,前往冥王星的"冥府远征队"首次遇上了闪子群。紧接着,暗体从天而降,十二名队员全部遇难。

当时布兰德还是个孩子,他既为惨剧而战栗,同时又无比神往。

三年后,第二支冥府远征队取得了惊人的发现,布兰德和

---

1. 罗威尔,指帕西瓦尔·罗伦斯·罗威尔(1855—1916),美国天文学家、商人、作家和数学家。罗威尔曾经将火星上的沟槽描述成运河,并且在美国亚利桑那州的弗拉格斯塔夫建立了罗威尔天文台,最终促使冥王星在他去世14年后被人们发现。
2. 老雷,指雷·布拉德伯里(1920—2012),美国作家,代表作《火星纪事》。
3. 巴勒斯,指埃德加·赖斯·巴勒斯(1875—1950),美国作家,代表作《火星公主》。
4. 科马罗夫,指弗拉基米尔·米哈伊洛维奇·科马罗夫(1927—1967),前苏联宇航员,人类史上第一位因载人航天器发生故障而罹难的宇航员。

梅丽莎热切地追踪着这条轰动一时的大新闻：新一批远征队员是幸运的，因为他们的飞船安装了第一代能量防护罩。此次远征的成果是，一位名叫切特·亚当斯的队员获得了永生。

布兰德还记得有一天晚上，自己和梅丽莎手牵着手，沿着一条曲折的外部楼梯登上了城里最高的天台。夜色中华灯闪烁，此刻都沉在脚下，他们因此能勉强看见天上的繁星。布兰德还是一个皮光肉滑、留着长长卷发的小年轻。他搂着梅丽莎，踌躇满志地挥手——

朝着头上的星空挥手。

"你知道这意味着什么吗？"他说。当时，第二批冥府远征队的消息刚刚传回地球，遍地都是对未来充满梦想的人们。"这意味着远方的星星——所有的星星——都归我们所有了！我们不需要止步火星，也不会死在星际飞船上。我们不会被困死在太阳系了！"

梅丽莎——她当时的头发还是金红色——笑着吻了他一下。

"你觉得他们会不会发现其中的原理呢？他们能不能发现暗体能超光速飞行的奥秘呢？"

布兰德只顾抱着梅丽莎回吻她，"管他呢！超光速飞船当然不错，可是我们根本就不需要飞船啊！我们完全可以学祂——学亚当斯那样——所有星星就都是我们的了。"

梅丽莎点了点头，"既然我们能变成小鸟，还要飞机干吗，对吧?"

在接下来的五年里,他们继续热恋,继续憧憬着亿万星辰。与此同时,长乐垃圾场的规模不断扩大,越来越多的暗博格在宇宙深空里翱翔。

就在布兰德激活主显示屏的时候,罗比回到了舰桥。她脸上闪过一丝惊讶的神情,然后转头看着布兰德,笑了。上方的屏幕里密布数百万颗小亮点,闪烁着绿色、蓝色、黄色、深红色,以及其他十几种颜色的光芒。这些光点并不是星星,因为它们不停地动来动去,仿佛在恣意张狂地跳舞,又像萤火虫似的明灭不定。每当它们触碰到飞船时,扫描仪就会发出嘭嘭的声音。

罗比飘到自己座位上,扣好安全带,"你到底还是保留了我设定的航线。"她沾沾自喜地说,"刚才我那么生气,真是不好意思。"说完,她把手搭在布兰德的手臂上。

布兰德甩开了她的手,"这事儿别算在我头上,我们的航线还是直奔垃圾场,是那些闪子主动扑过来的。"

"噢。"她说,"这也难怪。"

"我们被他们团团围住了。"他说,"这里有很大一群闪子,我估计至少有好几立方英里[1]。"

---

1. 1英里=1.61公里。

罗比又转头看着主屏幕,只见上面堆满了不停跳动的闪子。这样一来,背景那些发着白光、静止不动的星星反而看不真切了,"我们就这样直冲进这群闪子里吗?"她问。

布兰德耸了耸肩,"谁叫它们挡道了。"

罗比身体前倾,把两手搁在仪器上方,迅速输入几条指令。几秒钟后,她的扫描仪上出现了一根闪烁的红线,从一侧往另一侧延伸。她抬眼盯着布兰德,目光里充满了责备,"你竟然没有检测!"她说,"这里明明有暗体,一共三个呢!"

"我们这次的任务不是捕捉暗体。"布兰德淡淡地回答。

"要是它们主动上门求我们抓捕呢?我猜你会叫它们快滚开是吧?再说了,它们完全可以把我们的飞船打穿几个洞呢。"

"不会的,防护罩已经激活了。"

罗比实在无话可说,摇了摇头。飞船的防护罩一旦激活,暗体就会避之唯恐不及,这样也就不可能抓住它们。可是正如布兰德说的,这次任务不是捕捉暗体。

"看。"布兰德说。

突然,闪子群消失了,主屏幕恢复了空荡荡的画面,只剩下远方零落的星星。这里还剩下一两颗走丢的闪子,寂寥地闪烁着红色和蓝色的亮光,仿佛在发送什么信息。旋即闪子群又出现了,这次却是在很远处。它们化作了一团不断缩小的光雾,显然正在迅速远离。

布兰德用观测器锁定了这群闪子,罗比把放大倍率调至最高。这团光雾不断扩大,直至占据整块屏幕。

原来这些逃跑的闪子是在躲避天敌。它们的逃逸速度之快,人类制造的任何一艘飞船——包括"马车号"——在没有外力帮助的情况下,都绝对达不到。毕竟闪子的逃逸速度接近光速,因为它们和光本来就几乎是同一种东西。准确地说,一颗闪子是一团极小的能量,在可见光频率范围内能辐射出短促而高强度的脉冲。

虽然两人又是锁定又是放大,可是从闪子开始逃跑不到一秒钟后,主显示屏基本上就清空了。那些小家伙速度太快,一下子就逃得远远的了。

罗比正想开口说什么,突然停了下来。接着,她伸手在布兰德的手肘处狠狠捏了一下。显示屏上,满天繁星开始暗下来。

一般来说,肉眼是看不见暗体的,然而,布兰德无论是在梦里还是在想象中都见过它们无数次,所以他一眼就看出来:暗体出现了。它们是球体,比闪子大得多,几乎有一个人那么大。这些球体由暗能量构成,不断地脉动,却极少把能量辐射到可见光谱内。只有当游离的有机物碎片被困在球体内的时候,暗体才能被肉眼观察到。

可是它们能影响经过球体内的光线,所以能使背景的星光变暗并轻轻摇曳。

此刻，显示屏上的星光变暗，正是暗体所致。布兰德凑上前仔细观察，在一刹那间，他觉得似乎有一道银光在眼前闪过——也许那是暗体内部的某块碎片捕获了一道微弱的阳光，却又立刻让它溜走了。沉睡已久的恐惧猛然复苏，一下子紧紧揪住了布兰德的五脏六腑。然而有什么可怕的呢？飞船的防护罩已经激活了，暗体也一直保持着距离。

罗比扭头看着布兰德，"它在求我们呢！"她说，"它分明是在哭着喊着求我们抓它。我们这就收起防护罩，把它抓起来吧！这能有什么坏处呢？"

布兰德觉得脸上冷冰冰的，心里无来由地生出一种恐惧，像旋涡似的不停搅动着，"它知道！"他不假思索地说，"它不去追闪子，因为它感觉到我们这儿有点不一样。我告诉你，它什么都知道！"

罗比好奇地瞥了他一眼，"你什么毛病？"她问，"这只不过是一个暗体罢了，别瞎扯了。我这就把它抓起来。"

这种恐惧有个全称，叫作"冥府恐惧症"，是每个暗体捕手摆脱不了的魔障——它此刻正在布兰德的脑海里横行，但布兰德已经稳住了心神。暗体是一种纯能量生物，以捕食物质为生。和闪子一样，它们在太阳系边缘游弋，扫清太空中的尘粒和气体分子。穿过闪子群时，暗体就像镰刀似的大肆收割，在那片充满活力的光之海洋里拉出一条条漆黑的隧道。此外，当暗体发现有一坨转个不停的镍铁正孤零零游荡在真空时，它们便知道这是食物送上门来了。于是,一道刺目的强光闪过,在这场炽热明亮却又无声无息的盛宴里,从物质到能量的转变就顺利完成了。

每当布兰德坐在计算机前准备关闭防护罩时,他就必须面对这种恐惧。这么多年算下来,已经有上百次了。防护罩关闭之后,飞船就会赤裸裸地暴露出来。这时候,捕手的生死存亡就全在暗体的一念之间了。如果暗体看见这顿钢铁大餐如此迟钝,它决定不着急,只是优哉游哉地飞过来,那么捕手就赢了——一旦暗体进入捕猎距离,护罩会立即激活,就像第二层表皮似的把整艘飞船完全罩住;同时,捕捉网罩自动射出形成球状,把暗体困在其中。

可是如果暗体高速移动的话……

闪子毕竟是以光速逃逸的,既然暗体专门捕食闪子,它们当然比猎物飞得更快。

因此,万一暗体全速移动,人类就绝无生机了。男人、女人、机器,谁都来不及激活护罩,很多捕手就是这样一命呜呼的。第一批冥府远征队连护罩也没有,他们的飞船被击穿了十几个洞。

"把它们抓起来!"罗比又说了一遍。布兰德没有回答,只是默默地盯着她。和布兰德一样,罗比也是一名暗体捕手。她战胜恐惧的次数一点不比布兰德少,而且她的运气更好。问题是,谁知道她这次会不会刚好不走运呢?

布兰德解开安全带,站起来低头看着她,"不行。"他说,"我们快到目的地了,这事儿风险太大,划不来。你听好了,别去管那个暗体,也绝对不能改航线,五英尺[1]也不行!我现在下去找天使。"

"布兰德!"罗比大声说,"你去死吧!别把那东西带上来,你听见没有?还有……"布兰德根本不理睬她,一声不吭地走了。

罗比只能转过头来面对显示屏,沮丧地盯着暗体。

无论沉睡还是清醒,当年那一幕总会不时出现在布兰德的脑海里。当它是梦境也好,美其名曰回忆也罢,都不要紧了。

那是在长乐太空站里,他们一行四人站在重生之轮上方。这座太空站的形状就像一个甜甜圈,站内灯火通明,表面还有一层防护罩。太空站四周密布着各式各样的飞船:满载而归的捕猎飞船、胆小捕手才用的诱饵飞船、来自海卫一的补给飞船,还有从地球、火星以及月球过来的运输飞船——后者是专程给暗博格们安排任务的。除了正常的飞船,太空站外围还有大量遇难飞船的残骸。这里有成百上千具因为穿洞而无法再投入使用的船体,它们内部已经空空如也,只剩下一副外壳。这些冷冰冰的废铜烂铁聚集在一起,形成了大名鼎鼎的"长乐垃

---

[1]. 1英尺=0.3米。

圾场"。

暗博格们就在飞船之间穿梭。

四人在气密舱里换上太空服。这个气密舱很大，里面空荡荡的，还安装了一扇舷窗。候选人若想把外面看个真切，或者想在最后一刻重新考虑，这里就是最理想的地方了。布兰德、梅丽莎，还有一位名叫加拿大·库珀的金发小胖妹一起站在这里，凝视着外面的垃圾场和暗博格们。加拿大突然哈哈一笑道："我还以为暗博格会和我们不一样呢。"她说，"原来他们看起来就跟普通人差不多，不过是一帮不穿衣服的傻瓜站在太空里。"

她描述得很精准：确实有几个暗博格站在废弃飞船的外壳上，不过绝大部分只是飘浮在太空里。在星光下，他们看起来很苍白很渺小，同时又显得那么坚强和出众。梅丽莎数了数，这附近一共有十四个暗博格。

"快点。"带队的政府官员催促道。多年后，布兰德已经想不起这人的相貌，却依然记得他的声音，因为那声音单调又生硬，像鞭子一样抽打他们，从地球一直抽到太阳系边缘。布兰德、梅丽莎和加拿大是脱颖而出的候选人，他们坚持追逐自己的梦想，并通过了所有考核。而且他们都只有二十岁，专家说这正是进行融合的最佳年龄。当然了，这只是某些专家的说法。其实亚当斯——第一个与暗体融合的人类——变成暗博格的时候已将近三十岁了。

布兰德至今还记得梅丽莎换上太空服时的情形。当时,她穿着一件干干净净的白色连体服,身段更显得苗条。她领口的拉链很低,露出了胸口的小麦色肌肤。她戴着那条水晶链坠,在太空站的旋转人造重力作用下,链坠服服帖帖地垂在她胸前。她把金红色的头发紧紧地绑了起来——梅丽莎是故意留长发的,因为她想要带着这束灿烂的火焰在星际翱翔。

戴上头盔之前,两人互相亲吻了一下。

"爱你。"她说,"永远爱你。"同样的话,他也对她说了。

接下来,他们一起出去——他和梅丽莎两人,还有加拿大,以及那位政府官员。一行人走在长乐太空站的表面,一起低头看着巨坑。这是甜甜圈中心的那个大洞,这里有屏蔽能量的防护罩。此处便是他们生死角力的竞技场,也将是他们梦想成真的地方。

布兰德——年轻气盛的布兰德——低头俯视他们即将前往的大坑,微微一笑。这下面除了星星什么也没有,一头栽下去之后,他也许会永不停歇地坠落,可是他不介意。因为他能和她一起分享这亿万星辰。

"你先去。"政府官员对梅丽莎说。她在通话器里给了布兰德一个飞吻,然后双脚一蹬,跳进了巨坑。

她的下坠并没有持续很久,因为巨坑里有暗体——一共有三个,全部是被防护罩困在这里的。梅丽莎刚刚穿透防护罩,一个暗体就向她扑过去。当时发生的那一幕深深烙印在了布兰德的记忆里——片刻之前,布兰德只看见梅丽莎一个人,她还穿着太空服,正飘向太空站的另一端,和他的距离越来越远;后一瞬,布兰德眼前忽现出现一道强光。

这道强光来得突然,去得也突然,几乎在出现的同一瞬间就消失了,充其量只是电光石火般的一闪。当时的真实情景,布兰德看得很清楚,可是他的记忆对这个瞬间进行了详尽的加工和补充,这一刻被放慢拉长了:首先,梅丽莎的太空服着火,一下子就烧没了,她仰头尖叫起来;接着,她的贴身衣服也开始燃烧,发出刺眼的亮光;最后……最后,连她的水晶链坠也烧成了灰烬。她一丝不挂,烈焰缠身,在星空里浮沉。她已经没有呼吸了。

可是她也活下来了。

梅丽莎成了人类和暗体的共生体,她是能量与物质的完美结合,是诞生在长乐太空站的外星人。梅丽莎已经不复存在,取而代之的是一个在烈火中重生的新物种,她具有人类的思维和暗体的速度。

她就是暗博格。

她微笑着向布兰德招手。布兰德心急如焚,恨不得立刻跳出去与她会合。巨坑里也有一个暗体在等着他,他会前去与它融合,然后他就能和梅丽莎结伴飞翔,冲出太阳系。他们会比人类所有飞船都快,甚至比光速更快。到时候,他们拥有的不仅仅是银河系,可能会是整个宇宙。

可是那位政府官员一把拦住他,"她先上。"他下令道。胖妹子加拿大毫不犹豫地一蹬双腿,从他们站的地方直飞出去。她和他们一样,都了解这样做的风险。可是同样的,她也是一个狂热的追梦人。他们三人一起参加测试,一起长途跋涉来到这里,布兰德知道她性格里蕴藏着取之不尽的乐观。

她穿着加大码的太空服,整个人显得很臃肿。她伸出手向梅丽莎飘过去。加拿大的无线电是开着的,布兰德至今还记得她的声音,"嘿!"她说,"我这个暗体很慢呀。一个慢吞吞的暗体,你们能想象吗?"

然后她哈哈一笑,"喂,小暗体,你在哪儿呢?喂,快来妈妈这儿,来跟我合二为一,小……"

突然,布兰德听见一声短促而响亮的尖叫,仿佛刚刚喊出来就被打断了。

加拿大爆炸了。

当然了,首先出现的还是一道闪光。不过这一次,强光熄灭后并没有诞生新的暗博格——她被暗体拒绝了。在所有进行融合的候选人当中,有四分之三的人会被拒绝,结果就是被暗体吞噬。可是这回,暗体并没有一口把她整个人吃掉,否则在爆炸之后是不会剩下什么东西的。

这个暗体只吞掉了加拿大腰以上的部位。太空服急剧降压时发生猛烈爆炸,她剩下的两条腿发疯似的旋转,喷出的鲜血在刹那间凝结了。

这幅场景只维持了一瞬间,比一拍心跳、一次呼吸的时间还短。接着又是一道闪光,然后就什么都没了。梅丽莎重新出现在布兰德眼前,她默默地等待着,可是她脸上的笑容消失了。

"真倒霉。"政府官员说,"她测试的成绩明明很好嘛。到你了。"

布兰德怔怔地凝视着梅丽莎,还有她身后无涯的星海。可是他看到的不是未来的美好画面,而是加拿大的残骸。

"不。"他说。这是他第一次向恐惧低头。

他走回太空站里,开始呕吐。此后,每当梦见这个场景,布兰德都会在剧烈的颤抖中惊醒。

布兰德扔下罗比和那个暗体不管,径直找天使寻欢去了。

天使依然带着甜美的笑容等着他。和往常一样,她总是很渴望他的陪伴。天使既是一个女人,也像一个孩子,她的翅膀总是很柔软。布兰德走进房间时,她正在他的网床上唱歌、玩耍。一见他进来,天使立刻朝他飞过去。

他使劲亲吻她,而天使则用翅膀把他紧紧抱住。两人在舱房里翻滚,欢声笑语不绝。在天使的怀里,布兰德心中所有恐惧都逐渐消失了,他的坚强、自信,还有成就感都回来了。她不但崇拜他,而且总是对他充满了激情,她的激情甚至连梅丽莎也有所不及。

关键是，她特别符合布兰德的需求。和暗博格一样，天使也是活在太空里的生物。在重力环境下，她们的翅膀完全不起作用，连一个月也活不过。其实，就算是在无重力环境里，天使的寿命也是很短的。现在这位已经是他购买的第三个天使了，她是长乐太空站的科学家利用生物工程技术繁殖出来的。众所周知，暗体捕手愿意花钱买个伴儿，价格再高也不是问题。

天使都是克隆的产物，不仅容貌相同，而且都很娇弱、性感，带有一种非人类的、天使般的单纯。她们个体之间的相似程度甚至超过了人类的双胞胎。

天使对爱人永远不离不弃，她们的爱意无惧死亡的威胁，也不会被争吵消磨。躺在天使怀里的时候，布兰德总是感到特别放松，因为他知道，她永远都会爱着他。

完事之后，两人懒洋洋地躺在网床里继续缠绵。天使咯咯浅笑，一边咬他耳朵，一边用柔软的双手和更柔软的翅膀抚摸他，"你在想什么呢，布兰德？"她问道。

"没想什么，天使，别担心。"

"啊，布兰德！"她面露愠色。

布兰德忍不住笑了，"好吧好吧，我说。我在想我们现在还活着，证明罗比确实没有去碰那个暗体。"

天使颤抖了一下，连忙抱住布兰德，"哎呀，你又在吓唬我了，布兰德。不要说这些生离死别的话好吗？"

布兰德用手指拨弄着天使的秀发,脸上的笑容依然灿烂,"我都告诉过你别担心嘛。我绝不会让你出事的,天使。我还答应过让你看暗博格呢,记得吗?还有那么多星星……我们今天就能和暗博格一样,出发去远方找星星了。"

天使又开心起来,咯咯咯地笑着——她真的很容易哄。"跟我讲讲暗博格的故事吧。"她说。

"之前不是讲过了吗?"

"我知道。不过我就是喜欢听你说呀,布兰德,而且你把他们说得那么美。"

"从某种意义上说,他们确实很美。不过他们不再是人类了,而且他们总是冷冰冰的,但真的很美。他们移速很快,还能通过某种方式穿越到另一个空间。你当它是第五维空间也好,超空间也好,或者你爱叫什么名堂都好,反正那里的自然规律跟我们这里是不一样的……"

天使一脸懵懂,完全不明白他在说什么。布兰德笑了笑,这个话题也就此打住,"算了,我说这些术语你当然不会明白。嗯,天使,你就把那个地方看作一处仙境好了。暗博格和暗体一样,都拥有超能力。在他们运用这种超能力——或者叫魔术、绝招——的时候,就能超越光速。至于人类,我们没有这种超能力,所以不能超光速旅行。你明白吗?"

"为什么不能呢?"她问道,脸上依然带着纯真的微笑。

"嗯……这就说来话长了。有一个名叫爱因斯坦的人,他说过我们不能。天使,他是一个很聪明的人,而且……"

天使一下子抱紧了布兰德。"我知道,只要你想,你就一定能超越光速的,布兰德。"她扇动着翅膀,网床轻轻地摇晃。

"哈哈,我真的很想。"他说,"我们现在尝试做的,就是这件事情。天使啊,看不出你还挺聪明的嘛。"

她捶了他一下,"人家就是很聪明嘛!"她说着又噘起了嘴。

"没错,没错。"布兰德哈哈大笑,"我不是有意损你。你还想听暗博格的故事吗?"

这时,天使脸上又出现了歉意,"我想听。"

"好吧。你得记住,正如我刚才说的,他们有这个绝招,能超越光速。现在我们知道他们能够移动物质——就是,嗯,固体,比如这艘飞船,还有你和我。物质还包括气体和液体,你明白吧?不过,能量就和物质不一样了。暗体基本上是由纯能量构成的,只包含了一丁点物质碎片。组成暗博格的物质与能量占比则更趋于平衡。很多聪明人想过,如果我们有机会仔细研究一个暗体,就一定能探明原理,然后我们就能够研制超光速飞船了。可惜没人能想出研究暗体的办法,因为它们差不多是纯能量的生物,无法固定,你明白吗?"

"明白。"天使一本正经地撒谎。

"这么说吧,暗博格能移动的不仅仅是能量和一丁点物质碎片,还能移动共生体当中的人类躯壳。嗯,这句话你恐怕不明白了吧？嘻，反正你就先听着玩儿吧。暗博格体外有某种气场，算是一个能量球吧。他们能移动自己的身体，以及所有能塞进这个能量球里的物质。你就想象他们穿着一件又宽又大的长袍，凡是这件长袍罩不住的东西，他们就带不走。"

天使发出银铃般的笑声。她显然对又宽又大的长袍很感兴趣。

说到这里，布兰德叹了一口气，"所以，暗博格就成了我们人类的信差。他们给我们跑腿，以极高的速度飞去其他星系，然后回来告诉我们哪些恒星有行星，哪些星球适合人类居住。他们还在其他星系找到了其他文明的飞船，那些外星种族既不是人类，也不是暗博格。他们就为双方传递信息，促进互相学习。他们还能来来回回地飞行，帮助人类跟自己的飞船保持联系。天使，人类的飞船还是很慢，我们已经派出了至少二十艘飞船，可是就连第一艘也还没到达目的地。"

"暗博格追上他们了，是吧？"天使插嘴说，"你告诉过我的，我还记得呢。"

"是的，天使。"他说，"至于飞船上的人有多惊讶，我就不多说了。他们当中很多人是离开地球的第一代船员的儿女，当他们的父辈离开地球时，人类还没发现闪子和暗体，更别说暗博格了。可是现在暗博格们来回奔波，不但传送信息，还能快送小包裹呢。他们帮助人类跟所有宇宙飞船保持联络，等人类建立了殖民地，他们还能维持殖民星球与母星地球的联系。"

"可是他们有严重的缺陷。"天使提示说。

"是的。别看他们飞那么快,"布兰德笑了笑,继续说,"暗博格们有一个奇怪的缺陷:他们不能降落在任何一颗星球上,因为大天体四周的重力井会要了他们的命。暗体和闪子从不会越过土星的公转轨道,因为它们害怕太阳的引力。暗博格们也不愿意,可是为了完成任务,他们只能勉为其难,强迫自己飞进来。所以这算是重大缺陷吧。

"另外,坦白说吧,很多人希望自己也能超光速飞行。他们想自己建造飞船,想去外星球开拓殖民地。怎样才能让普通人不需要冒险跟暗体融合,也能像暗博格那样超光速旅行呢?谁要是能想出办法,啊哈,他就会名利双收,还能成为亿万星辰的主人。"

"你一定能成功的,布兰德。"天使说道。

"没错!"布兰德的语气骤然变得严肃起来,"天使,这正是我们此次行动的目的。"

"不。"

这个字阴魂不散地缠着他,回荡在他的每一个梦里。他抛弃了星辰大海,也抛弃了心爱的梅丽莎。

他实在没办法硬着头皮回地球。梅丽莎已经离开了——她接受了第一个任务,去了别的星系。可是他依然深爱着她,那个美丽的梦想还紧紧地揪着他的心。但他已经没有第二次机会了：一来暗体少而报名者众，二来他临阵脱逃，没通过最后的考核。

于是，他留在长乐太空站工作了一段时间，报名跑了一趟补给运送航班，在垃圾场和海卫一之间往返了一次，学会了怎样驾驶飞船。他花两年存了一些钱，又申请了贷款，修复了一艘垃圾场里的废弃飞船，正式成为一名暗体捕手。

布兰德制订了很明确的计划：既然政府不肯给他第二次机会，他就给自己创造机会！他要四处搜寻，找到一个暗体并把它抓住。然后他会走出飞船跟暗体融合，最终变成暗博格，去跟梅丽莎会合。没错，他终究会实现梦想，拥有亿万星辰。

通常来说，一名好的捕手每年能捕捉四个暗体，过上丰衣足食的好生活。如果抓住六个，就能狠赚一笔。布兰德还不算是好捕手，有时候他孤孤单单地搜寻好几个月，最后仍颗粒无收。在人生最黑暗的时刻，为他提供亮光的只有在远处发光的闪子群、他对未来的憧憬，以及梅丽莎！

最初，梅丽莎还不时前来探访。那时候，她还没有彻底融入远方的星辰。在单调乏味的搜寻过程中，布兰德的扫描仪会倏然闪出红光，梅丽莎的笑脸便会出现在主显示屏上——她来了，就浮在飞船外。布兰德急忙打开气密锁，放她进来。

即便在她刚变成暗博格的那段日子里，两人也已回不到从前。比方说，她再也不能和他一起吃喝了。她根本不需要吃喝，暗博格和暗体一样，只需要摄取闪子、宇宙尘埃，以及太空中的垃圾，再把这些物质转化为自身能量就可以生存了。

虽然她也能在空气中生存并正常工作，但她并不喜欢这种不舒服的环境。一来飞船内部太拥挤，二来她必须时刻留意自己的场域，防止它把从四面八方挤压过来的物质转化为能量，所以待久了就会特别疲劳。

梅丽莎第一次回长乐太空站看望他时，布兰德把她轻盈的身躯拉过来，紧紧抱在怀里，忘情地亲吻她。对于这一切，她并没有抗拒。可她的身体是冷的，两人的舌头接触时，他感觉就像被一把冰矛的矛尖刺中了。布兰德不死心，还努力跟她做爱，最后当然是徒劳无功。

很快他们就不再尝试了。在他外出搜寻暗体的日子里，每回梅丽莎来访，布兰德只能牵着她那双硬邦邦、滑溜溜的手，和她促膝长谈。

"其实这样更好，布兰德。"在早期的一次相聚中，梅丽莎对他说，"没错，我也想和你做爱，不过那纯粹是为了满足你。要知道，我已经变了，布兰德。性爱就跟食物一样，你明白吧——那都只是人类的需求。而我现在对食与色都已经不感兴趣了。等你融合之后，自然会了解的。可是你不要担心，在宇宙里还有很多有趣的事情，这种牺牲绝对是值得的。亲爱的，想想那些星星！你真的应该去看一看那些星星。我在它们当中翱翔，而且，而且……布兰德啊，它们真的太壮观了！那种感觉，我怎么才能告诉你呢？你必须要亲身去体会啊。当我飞翔的时候，当我突破空间屏障的时候，身边的一切都改变了。太空不再是一团漆黑，而是变成一片五光十色的海洋。我四周全是缤纷绚烂的色彩，就像旋涡一样转个不停。我在这片海洋里穿梭，任由那些色彩在我身上飞溅、拍打。这种感觉太美妙了，就像……就像性高潮。可是这种高潮是源源不绝的，它不仅仅被身体的某个部位独享，你整个人都能感受到，全身各处都会随着它歌唱。你会觉得只有这样才算是真真切切地活着！宇宙里还有很多只有暗博格才知道的事情，我们告诉人类的信息只是沧海一粟罢了。其实还有很多很多知识，不过都超出了人们的理解范围。宇宙还有音乐，布兰德，它不似人类的音乐，却又胜似音乐。有时候，我能听见很远很远的地方有东西在呼唤我，那是位于宇宙核心的星星的呼唤啊！飞得越久，能听见的呼唤就越强烈。你知道吗？第一个与暗体融合的人类——好像叫亚当斯什么的——就是去了那里。这也是为什么有些资深暗博格会消失不见。他们说，给人类当信差太久了，太累了，于是他们便离开，去往宇宙的核心区域。布兰德啊，我真的希望你能和我在一起，目前我过的正是我俩梦寐以求的生活啊！快点吧，亲爱的，为了我，你一定要捕到暗体！"

布兰德突然感到一阵怪异的寒气席卷全身。不过他还是点了点头，说自己一定会成功的。

终于，他捉到了一个暗体。

恐惧再次来临了。暗体接近时，各个扫描仪发出尖锐的警报声。布兰德盯着那些屏幕，手指悬在关闭防护罩的按键上方，无论如何也按不下去。五次了，他把手伸过去五次，每次又都缩了回来。他脑海里一直浮现着加拿大的惨状，尤其是那两条疯狂转动的断腿……接着又想起全军覆没的首批冥府远征队。

最后，他全神贯注地想着梅丽莎，这才强迫自己按下了关闭键。暗体不慌不忙，缓缓地飘了过来。在它看来，这只是一坨在太空里缓缓蠕动的废金属罢了，又不是逃得飞快的闪子，急什么呢？

布兰德如释重负，顺利困住了它。可是当他穿太空服的时候，恐惧再一次把他击垮了。

他竭尽全力对抗内心的恐惧，吃奶的劲儿都用上了。布兰德在气密舱里战栗了整整一个小时，努力把头盔套在脑袋上，却怎么也做不到。他两只手发颤，全身上下抖个不停，还呕吐了两次。终于，他彻底崩溃了，颓然坐倒在污秽的呕吐物里。布兰德看清了真相：他今生今世也不可能跟暗体融合了。

他把这个暗体带回长乐垃圾场领赏金。太空站有固定的付费标准，可是有另一位买家愿意出更高的价钱。这是一个中年男子，开着一艘旧补给飞船，独自前来碰运气。这种不切实际的空想家，一年到头总会出现十几个。他们没通过考试，没资格与暗体融合，心里却充满了希望。布兰德把暗体卖给他，然后亲眼看着他尸骨无存。

又一艘废弃的飞船加入了长乐垃圾场,它和其他破船一起,在拥挤的轨道上飘浮——它们都是梦的碎片。

另一回,布兰德把暗体卖给长乐太空站,又赚了一笔。一个月后,梅丽莎来了,他把事情经过告诉了她。他本来以为梅丽莎会哭泣、生气甚至会和他争吵,奇怪的是,她只是凝视着布兰德,无动于衷。然后,他提议她回来和自己一起生活。

"也许我们可以回地球。"他说,"我们就留在轨道上等待那些科学家给你做一个全面检查。他们也许能干点儿什么,比如想办法把你和暗体分开;也许你能教他们怎么制造超光速飞船,这样我们就能在一起了。"他滔滔不绝地说着,言辞间充满了幼稚的渴望。

"不行。"梅丽莎淡淡地说,"你不明白,我一回去就会死,什么也干不了。"

"你说过你爱我啊,那就留下来陪我吧。"

"布兰德啊,我以前真的爱过你,可是现在我没办法放弃这么多星星!到了今时今日,那些星星就是我的真爱、我的生命、我的一切。我是暗博格啊,布兰德;而你只是一个人类罢了。事到如今,一切都已经变了。如果你不能融合,就回地球去吧,那里才是你们人类的家园,也是你的归宿。可宇宙里的亿万星辰都是属于我们的。"

"不!"他声嘶力竭地喊着,不让眼泪涌出来,"我就待在这里不走,继续捕捉暗体。我爱你,梅丽莎,我愿意为你留下来。"

她脸上现出一丝哀伤的神情,却又转瞬即逝,"我会来看望你的……应该会的……"她说,"如果我有时间而你又想见我的话。"

梅丽莎确实仍来探访。可是随着时光流逝,她来的次数越来越少,布兰德也觉得她变得越来越陌生。他年纪逐渐增长,可是岁月并没有让梅丽莎变老。她依然保持着二十岁的年轻躯体,只是她的小麦色肌肤变苍白了,流火般的金红色秀发变成了银白色,她的眼神变得越来越陌生。当两人在长乐垃圾场附近的轨道上相聚时,梅丽莎经常显得心不在焉。她谈论的话题,他不懂;她提到的暗博格,他不认识;她干过的事情,他理解不了;他一说起关于地球和人类的消息,她就觉得无聊透顶。

最后,梅丽莎再也不来探访了。布兰德连她的面也见不着,更别说聊天了。如今他手里拽着的,只剩一缕往昔的回忆。

通话器里传来罗比的呼叫,布兰德迅速穿好衣服。"喂,"天使恳切地说,"这次可以让我去了吧?"

"可以啊天使。"他笑了,笑容里依然充满了溺爱和纵容,"这一次我会让你看看那些暗博格,然后我会带你去远方寻找星星!"

于是她飞在他身后一起出了舱门,穿过走廊,来到了舰桥。

两人进来时,罗比抬头扫了他们一眼,脸色顿时一沉,"你根本就没听我说话,是吧?我不希望你把宠物带上舰桥,布兰德!你就不能把你的变态嗜好留在舱房里吗?"

罗比的语气里充满了不快,天使吓得连忙往后退缩,"她不喜欢我。"她很害怕地对布兰德说。

"别担心,天使,有我呢。"他答道,然后对罗比说,"你吓着她了,拜托你安静点好不好?我答应过让她看一看暗博格。"

罗比瞪他一眼,用力砸了一下显示屏的立柱。屏幕画面一闪,马上就激活了,"那就看吧!"她恶狠狠地说。

"马车号"已经来到了垃圾场。布兰德迅速数了数,发现附近有十几艘废弃的飞船。长乐太空站显示在屏幕下方的角落里,被许多捕猎飞船和防护罩包围着。靠近屏幕中心的是一个正在转动的巨轮,上面还镶着一条条轮辐。这是长乐太空站的物资补给站:"冥府四号"。这地方有很多酒吧,还有供人们寻欢作乐的场所。

他看见一帮暗博格聚在一起,至少有五六个吧,就飘浮在冥府补给站附近。目前距离还比较远,所以他们看起来只是一个个白色的小身影。这一带当然还有其他暗博格,不过他们是距离"马车号"最近的。这里位于太阳系边缘,处于绝对的真空,而暗博格们竟然能在这种环境下交谈。其实,他们是用意念把自身的暗体气场逼进可见光频谱内,用光作为语言进行交流。

罗比已经调整了"马车号"飞船的航向,朝着这群暗博格飞过去。布兰德向天使点了点头,伸手一指,"暗博格。"他说。

天使尖叫一声,飞到显示器前面,把鼻子贴在屏幕上,"他们那么小啊。"她说话时悬浮在空中,两扇翅膀拍得飞快。

"把图像放大。"布兰德对罗比说,罗比却懒得理他。于是布兰德在罗比身旁坐下来,扣上安全带,自己动手。屏幕上的那群暗博格变成了两倍大,天使顿时乐开了花。

"再过五分钟,我们就会飞到他们正上方。"布兰德说道。可是罗比假装没听见。

"我不知道你有什么毛病,布兰德。"罗比严肃地说,她故意压低了声音,不让天使听见,"买这种性玩具的男人,大部分是变态,或者残废,或者不举。可是你为什么也好这口呢?你看起来挺正常的,为什么需要一个天使呢?正常的人类女性哪里不对劲了?"

"因为天使容易相处!"布兰德气鼓鼓地说,"而且她们听话,叫她们干吗就干吗!别再问这问那的,快打开信号光源,我要跟外面的朋友们聊几句。"

罗比皱起了眉头,"聊几句?有什么好聊的?把他们一网打尽就得了,那儿有足够多……"

"不行!我必须先找到其中一位。那是一位特殊的暗博格,她的名字叫梅丽莎。"

"哼!"罗比说,"不是天使就是暗博格,布兰德,你偶尔也得找个人类谈谈恋爱吧?就当是换一下口味也好呀,你明白吗?"她虽然嘴硬,却还是把信号灯源准备好了。

布兰德以灯光为信号,呼叫真空中的暗博格们。其中一个暗博格作出了回应,但接着便消失了。"她会来的。"他们在飞船里等待着,布兰德坚定地说,"即便隔了这么久,她还是会理睬我的。"

天使兴奋极了,在舰桥上下翻飞,把够得着的东西都摸了个遍。通常来说,她是不能来这里的。

"淡定。"布兰德对她说。于是天使飞下来,心满意足地蜷缩在他怀里。

"那些暗博格在干什么呢?"她用双臂环抱着布兰德问,"他们会把自己的绝招告诉我们吗?我们要出发去找星星了吗?"

"快了,天使。"他耐心地答道,"快了。"

就在这时,梅丽莎出现在显示屏上。布兰德突然觉得一阵寒意传遍全身。

她的皮肤变成了奶白色,银色的头发就像一团涌动的光晕。可是除此之外,她一点也没变。梅丽莎还是像二十岁时那样曲线玲珑,那张脸也跟自己记忆里一模一样。

布兰德连忙把天使推开,转身面对屏幕,敲下一组按键。

飞船外面的星星开始颤动。遥远的太阳本来是一个亮点,现在也开始变暗。此外,所有东西——垃圾场内所有飞船残骸、那个名为"冥府四号"的巨轮,还有长乐太空站——都突然变暗了一点,只有梅丽莎和其他几个暗博格没有变化。

因为他们都被困在了球状防护罩里。

罗比笑了,正想开口说话,却被布兰德狠狠瞪了一眼,吓得连忙闭嘴。他用灯光向梅丽莎发送信号,等她确认之后,就关闭了飞船自身的防护罩,放她进来。

布兰德让罗比留守舰桥,自己去外面的走廊与梅丽莎见面。很快,旋转的气密舱把梅丽莎送进了走廊。

他们相对无言,彼此隔着遥不可及的十英尺。两人没有笑脸相迎,更不可能亲密触碰。

梅丽莎仔细打量布兰德,过了许久,终于开口道:"布兰德。"她的眼睛已经变成了冰蓝色,面如平湖,表情冷若冰霜。她的声线有点沙哑——布兰德记得以前她的声音不是这样的。"你……你在做什么?我们不是……不是暗体……任你捕捉。"她说话结结巴巴的,停顿得很别扭。

"你已经忘记怎么说话了吗,梅丽莎?"布兰德问道。就在他开口时,他身后那扇通往舰桥的舱门滑开,天使飞了过来，在半空中盘旋。

"啊!"她对梅丽莎说,"你真美。"

梅丽莎快速瞥了天使一眼,完全不理睬她,又继续对布兰德说:"有些,我已经忘记。十年了,布兰德。和星星在一起,那些星星。不……我现在已经不是人类了。我现在是前辈,是暗博格里的前辈。我……我快要去宇宙核心了。"说到这里,她停顿了一下,"你为什么把我们罩起来?"

"这是一种全新的防护罩,梅丽莎。"布兰德微笑着说,"你没留意到吗?这个护罩很暗,刚刚才在地球上被研发出来,是传统防护罩的改良版。他们在这个领域做了大量研究工作,我是一直密切留意的。亲爱的,我早就有一个大胆的想法,可是老式的防护罩质量不行,实现不了。而这种新型产品,啊哈,它比老一代更加精密,而且除了我之外,没有人意识到这项新技术背后的含义。"

"精密……含义……"梅丽莎一脸迷惘。这两个单词从她嘴里说出来,显得很古怪、很陌生,也很异类。

"我们要一起去探访远方的星辰,梅丽莎。"

"布兰德。"她回答时,声音是颤抖的。在这一刻,她才恢复了一点点人的感觉,"放弃吧,布兰德。放弃……我,还有星星。它们……它们只是一些老掉牙的旧梦,早已经变质发霉了。你看不出来吗?"

天使在走廊里飞来飞去,一点点靠近梅丽莎。很显然,她被眼前这位暗博格深深地迷住了,却又不敢靠得太近。可是布兰德和梅丽莎都对她视而不见。

布兰德凝望着梅丽莎,当初爱过他的那个女孩,如今只剩下一个遥远而黯淡的倒影。布兰德硬起心肠,把最后这一点点念想也抛诸脑后:她只是一个暗博格,是他实现星辰探索梦想的工具。

"你可以把我送去远方的星星那里,梅丽莎。等我梦想实现以后,你们还可以带其他人去。你们暗博格独享这个宇宙这么久,是时候跟我们这些可怜的人类分享一下了。"

"送你去?"梅丽莎问道。

"你也可以……"

这时,天使打断了他的话:"喂,布兰德,让我来说。我知道怎么回事,我可以告诉她。你跟我说过,我还记得呢。让我跟暗博格说句话吧。"她不再发疯似的转圈,而是悬浮在两人中间,满脸希冀。

布兰德咧嘴一笑,"好,你告诉她吧。"

天使笑着在空中转了个圈。她的翅膀高速扇动着,就像在给自己伴奏,"用马来做比喻。"她对梅丽莎说,"布兰德告诉我,暗体就像马,暗博格就像驾着马的骑手,而布兰德拥有史上第一辆马车,暗博格会拉着他的马车向前跑。"说到这里,她咯咯地笑了,"布兰德给我看过马车还有马的照片。"

"这是一乘星际马车。"布兰德说,"我特别喜欢那个画面。虽然这个比喻太卡通了一点,但背后的数学计算是很精准的。既然你们可以运送物质,那么只要把足够多的暗博格储存在一个新型的暗防护罩里,你们就能运送像飞船这么大的物体了。"

梅丽莎浮在空中,银色的头发闪闪发亮。她回望着布兰德,缓缓地摇头,"星辰,"她轻声说道,"布兰德,我们的核心……那些歌。自由,布兰德,就像我们以前说过的。布兰德,他们不会……逃不掉……他们再也不会放我们走……不能把我们锁住……"

"可是我已经把你们锁住了。"

梅丽莎无言以对。她突如其来的沉默仿佛给天使壮了胆。天使鼓起勇气飞到她身边,像小孩子似的伸出手指去试探。一触之下,天使才发现这个幽灵原来是个实实在在的人。梅丽莎仍望向布兰德,同时伸出一只手臂搂住了天使。天使微笑着叹了一口气,又朝她凑近一点。

布兰德摇了摇头。

突然,天使抬起头,稚嫩的脸上布满了怒容,"你骗人!"她对布兰德说,"她不是一匹马,她是一个人。"紧接着她又笑了,笑得很灿烂,"而且她那么美!"

接下来是一阵长久的沉默。

布兰德走进舰桥,舱门在他身后关上。罗比正等待着。"怎么样?"她问道。

布兰德不回答,用力一蹬,整个人飞到舰桥的另一头。然后他坐下来,扣好安全带,抬头看着显示屏。在防护罩的作用下,飞船外面一片昏暗。这时,梅丽莎已经回到了同伴身旁,暗博格们正用目不暇接的彩色闪光交谈。布兰德看了片刻,然后伸手按下了控制台上的一个键。

满天繁星重新闪出清冷而又明亮的光芒,冥府补给站的侧面也恢复了光彩。

罗比还来不及开口,那些暗博格就消失了。他们离开时,连四周的空间也被带动着旋转起来,这种速度——"马车号"当然望尘莫及。梅丽莎是最后一个消失的,不过也只多逗留了一秒钟。窗外只剩下四面八方飘浮着的废弃飞船,以及无穷无尽的虚空。

"布兰德!"

布兰德朝她一笑,又耸了耸肩,"我下不了手。我们一旦迈出第一步,就永远不能放他们出去了。他们就变成了囚犯,变成了动物,变成了给我们服役的大牲口。"他谨慎地说,"我觉得他们并不是动物,同时也不是人类——他们再也不是人类了。哈哈,我们总想跟外星人接触,却没料到我们亲手创造了一个外星种族。"

"布兰德,"罗比说,"那投进去的钱该怎么办?我们无论如何也得把这个计划进行到底啊!也许,我们可以直接让暗体去拉车?"

布兰德摇了摇头,"不可以。我们没办法和暗体沟通,没法让它们知道我们想干什么,所以这招行不通。除了暗博格,我估计……没什么别的东西能替我们拉车了。"

他停顿片刻,抬头看着罗比,只见她正盯着显示屏,眼中厌恶和愤恨交替闪现。"我一定会补偿你的。"布兰德说着,轻轻牵起她的手,"我们的飞船设备这么精良,我们完全可以捕捉暗体。"

罗比往他身后瞄了一眼,"那个天使在哪儿?"她问道,语气似乎没那么愤怒了。

布兰德叹了一口气,"在我的舱房里。"他说,"我给了她一条链坠,让她自己玩儿去。"

| 2003星云奖最佳短篇小说提名 |

NOTHING EVER HAPPENS IN ROCK CITY
by
Jack McDevitt

▽

岩城无波澜

［美］杰克·麦克德威特 著 / 吴 垠 译

杰克·麦克德威特,美国当代著名科幻作家,2006年凭借《探寻者》获得星云奖最佳长篇小说奖。迄今为止,他共获得十八次星云奖提名和两次雨果奖提名,已出版的作品包括二十四部长篇小说、六部作品集和八十余部短篇小说。

《岩城无波澜》为2003年星云奖最佳短篇小说提名作品。

Copyright© 2001 by LRC Publications

对不起佩格，我回来晚了。打烊时跑了趟天文台的单子。他们在那儿搞了个派对，要求尽快配送。本来我应该让哈利去，但维吉尼亚身体不舒服，所以我就放他回去了，自己跑这笔单子。

不，也没什么事儿。他们看起来特别闹腾，但其实没什么。岩城一向没什么新鲜事儿。

噢，对了，杰米回来了。拿到了学位，却找不着工作。比尔告诉我，杰米决定当律师。他想送杰米去东部的什么学院念书，但又不确定杰米是不是认真的。你知道这种情况的。我嘛，我觉得也挺正常的。我们这儿的律师已经够多了。

还有什么？今天，我听说多丽丝又怀孕了。真是一个不懂得收手的女人。弗兰克说他一直想说服多丽丝结扎，但她有点固执。我觉得女人就是这样。

无意冒犯。

噢，对了，今天生意不错，店里卖了很多麦芽酒。我原以为我们永远也卖不出这种新玩意儿。克莱德家搞了场家庭聚会。你知道他们是怎样的一群人。铁定有六七十人聚在一起度过了那个周末。都是德国人，一个个倒在了酒桶边。

今天杰克过来了。听说又有向未成年人售卖酒水的投诉。我告诉他，我们店绝对没有这种情况。绝对。我们对此很谨慎，绝不允许，而且不单单因为它违法。我告诉他，让孩子喝酒是不对的，我们店说到做到。

今天人来人往,我们卖的威士忌赶上了平时一周的量。这个月的按揭是没问题了。

还有什么呢?我想不到了。这是一座平静的小镇。珍妮特来过了,给一个在国道上时速飙到九十公里的家伙开了罚单,还扣了驾照,她是这么说的。那人的老婆只得开车送他回家。真希望我也在场。

她还告诉我城堡县发生了一起凶杀案。但我不清楚细节。大概又是某人的男朋友被哭闹的小鬼弄烦了。那自然是该判死刑。

什么?天文台发生什么了?

我不知道,那儿来了些贵宾。早上其中一位在店里买了几瓶朗姆酒。一个老家伙,头发花白,步履蹒跚,行动不太利索。他看起来若有所思,口音也很好笑。你懂的,外国人。可能是英国佬、澳洲佬之类的。

他们来这里开什么会。海普说其中一些人住在宾馆里。总之,八点四十五左右,我们接到了电话,嗯,就在打烊前。是哈维,他们想要八瓶我们最好的香槟。冰的。他问我们能不能送货。

哈维有一次告诉我,他们总是在天文台的冰箱里存一瓶香槟,但今天镇子上来了这么多人,我猜一瓶应该不够。

呃,但我们最好的冰香槟不够八瓶了,就算加上常温的也不够。毕竟我们卖得了多少这玩意儿?但我告诉他当然可以,一关门就送过去。

我是说,你了解哈维,他喝不出其中的区别。后院吵闹极了。报纸上说这儿有一场商业会议,我却只能听见尖叫和欢笑。我发誓自己甚至听见有人在玩喇叭。

哦,对了,我和你说今天艾格来了一趟吗?她想约几把扑克。我觉得星期天就不错,你找时间给她打个电话好吗?

莫里又开始闷闷不乐了,什么也不肯说,但我猜他又被玛丽甩了。他竟然还受得了这个疯狂的女人。不知道他到底想要什么:和她在一起不开心,不在一起了更不开心。

噢,你可能对这个感兴趣。阿克塞尔今天失手摔了一瓶意大利干红葡萄酒,洒在店后面,那场面像发生了一场爆炸。虽然搞得一团糟,但我很同情他。他抖得越来越厉害了,我有点犹豫,该不该继续卖东西给他,毕竟他都到这个岁数了。但我没那个勇气。我考虑过告诉珍妮特,但那只会给她压力。我不知道自己该怎么办,也许最终我会做出选择。

那天文台那边呢?噢,对了,其实没什么可说的。我送的是赫伯特和柯尔谷,各四瓶。装在冰块里,塞进了冷藏包。

我赶到的时候,天已经黑了,室内开着灯,人们继续吵吵闹闹。我从没见过这种场面,我的意思是,哈维和他的朋友们看起来不像那种会找乐子的人。但这群人——

总之,哈维向我道了谢,刷卡付了账,然后,他问我要不要留下来玩儿一会儿。我还没来得及把酒放下,他们就已经喝上了。

我说不用了谢谢，待会儿开车下山，一滴酒也不能沾。我问他这里在闹腾什么，他便领我到一台电脑屏幕前，上面排满了图表，有一些尖峰、圆锥和其他乱七八糟的形状。我完全摸不着头脑。但他说，看呐。

我看了看，却只认出尖峰和圆锥。于是他指向一个不断重复的图案，并解释说它时长一点几几几秒，在屏幕上出现了三四次。然后他展示了另一组图案，又讲解了一通。至少在我看来，它们什么也不是。

哈维见我无动于衷，就解释说我们有邻居了。他提起一个我闻所未闻的地方，名叫"Al-Car"或"Al-Chop"之类的。我琢磨起他的语气，像是发生了一桩大事。突然间，我明白了，他们找到了一直苦苦搜寻的信号。

"他们离得多远啊？"我问道。

他又笑出了声，说道："很远。"

我问："那得是多远？"

"老兄，"他对我说，"总之不适合步行前往。"

我一时间很好奇，生活在那头的人会来找我们吗？但他说不，绝对不会的，别担心，哈哈哈。

好吧，我说，替我打声招呼，哈哈。然后他付了我三美元小费。时间很晚了，我还要摸黑开车上山下山，这点钱真不够意思。虽然我本来也不打算要小费，但三美元，认真的吗？

对了,我在镇子外面遇见了克雷。他刚从豪威那儿的汽车超速监视区回来,说自己每周五都能抓到几个超速的。他还说自己得早点去哈姆那儿,因为哈姆又吼了朵拉一顿。我以为朵拉总有一天会收拾行李离开,但事实好像并非如此。

当然是这样啊。

总之,这就是为什么我今晚迟了些。让你不开心了,对不起。如果你不介意,我下次可以提前打电话报一声。但你不用担心我。毕竟,岩城一向没什么新鲜事儿。

ROBOT MONK
by
Li Yifei

▽

机械僧

伊 眯

伊眯,毕业于中央戏剧学院,后在北欧学习工作。一个擅长绘制星空、水豚和菩萨如何乘坐公交的野生设计师。曾发表多篇散文、童话、交互动画绘本和科普文章,有多部童话作品被翻译成英、德、日等语言。

本文为《银河边缘》中文版专发篇目。

自我记事起,老家屋后的岑山上就有一座不大起眼的、用白色石头垒成的无名寺庙,看不出年代,大抵算是古刹。寺中常年只有一个僧人,法号叫作随空。

家乡那一带的山间零星散布着一些野温泉,一年四季都汩汩地冒着淡白的雾气。岑山上最大的温泉在那座无名寺庙的旁边,挨着一条清澈的溪流。溪流里有一种桃叶鱼,体长不过五六寸,但烤熟以后脂肪会融化成甜美的香气,非常诱人。桃叶鱼平时的样子不甚起眼,但每到桃花盛期刚过,花瓣坠落到溪水里的时候,那鱼银白色的身体便会泛起淡淡的绯红。天气刚暖起来,我就背着篓子和自制的钓竿,跑上岑山去钓桃叶鱼。

我专心致志地抛竿,不知道是桃叶鱼瞧不起我的面团钓饵,还是运气不佳,始终也没有鱼上钩。我蹲在溪边的石头上,唉声叹气。

这时随空从寺里缓缓走出来,默默看着我的鱼竿。

——村里的人都知道随空是机器人,还是如今见不到的型号,因此也看不出年纪。在我的记忆中,他的模样也不曾改变过:普通青年男子的样貌,淡淡的神情,总穿着那身洗了太多次显得很旧的灰衣。

听说在城里,但凡需要服务人类的行业,都能见到高仿真型的机器人。就连我们这里的老师也都是人工智能了,班主任最近更新了最优化的教学系统,不但能二十四小时随时耐心答疑，还用不着家长半点奉承。随空的存在，乍一看似乎没什么可大惊小怪的，但仔细一想，随空平时只是孤身住在这样绝无香火的无名寺庙里，连化缘都用不着，几乎和社会失去了关联——机器人难道不是为了帮人类做事才制造出来的东西吗？连一些当了和尚的人到底对其他人有什么用处我都不太明白，那机器僧人随空到底是为了什么目的才被造出来的呢？我越长大越觉得费解。

随空先开口说话了。他的声音十分好听，语气也很温和，只是大概因为扬声器有些旧了，带着一种仿佛从远处传来的模糊，"现在是桃叶鱼产籽的时候，你过一阵再来钓吧。"

我本以为他要劝我不杀生，顶嘴的话已经滑到了舌头尖，结果无可辩驳，只好气哼哼地放下钓竿往石头上一靠，皱起眉头："过一阵我就要开学了！"

阳光晒在光溜溜的肚皮上，烤得我五脏六腑都热乎乎的。我拍着肚子，打了个滚儿，得意扬扬地说："嗨呀，你们机器人可不懂晒太阳的舒服吧。"

随空只是笑了笑，步子很轻地走到我身边，在石头上坐下来，安详地问："那你的作业写完了吗？"

我顿时心情郁闷起来，"没写完。数学太难了。你们机器人是不是很喜欢做算术？"

"数学确实令人着迷。你听到蟋蟀的叫声了吗？它鸣叫的频率与气温的关系是 $C = 4t - 160$。C代表蟋蟀每分钟叫的次数,t则是温度。按照这一公式,人类只要数一下蟋蟀每分钟叫的次数,不用温度计就可以知道天气的温度了。"

"不不不,我们人类不会为了知道天气的温度去数蟋蟀的叫声……"

"你不会去数,但是曾经有其他的人类在夏天的最后一个有凉风的傍晚,安静地躺在原野之上,在月亮升起的瞬间顿悟蟋蟀鸣叫的含义。这让我心生欢喜。"

随空似乎为提起了作业的事情感到有些抱歉,问我要不要去寺里喝茶。我当然同意。茶么,淡淡的,没什么好喝,但随空会做极好的点心。我父母有时候也差我上山来买几包糕点招待客人。随空在这里起码还是要交水电费的,这些花费恐怕用的就是卖点心的收入吧。

这又是很奇怪的一件事。我嘴里塞着又软又甜的栗子糕,问道:"随空,你当和尚之前,是在城里的点心铺子工作的吗?"

随空笑着摇了摇头。我到底没有忍住好奇心,又一连串地发问:"那你难道是专门的和尚机器人?谁造了你?造你就是为了让你念经吗?对了,你们机器人到底会不会做梦?我怀疑我们老师只会梦到高考试卷。随空,给我讲讲城里的事呗。城里是不是到处都是你这样的机器人?"

沉默了一会儿之后,随空倒了一杯茶轻轻推到我面前,他的面孔在雾气的后面时而清晰,时而模糊。

我还记得尚未搭载情感芯片之前的日子。休眠的时候我也会做梦，不过在梦里，我像是固定在一根轴芯上，单纯地注视着周围。我毫无波澜地看着梦中的那些事物，知道它们是某种客观事物的精确投射。譬如我看着一座房子，我既能看到它每一面墙壁的面积，也能同时看到房间里谈笑的人类和每个人不规律的心跳与体温。

制造我的人是一位法号名为"圆一"的禅师。他原本似乎是位非常了不起的程序员，小的时候得过许多奖，之后考入了最好的大学，不知为什么，他在二十五岁时突然选择了出家。我后来了解到，对当事人的亲人来说，遁入空门几乎和自杀差不多严重。制造我的时候，圆一禅师四十岁。他的父母在那一年相继离世。他们始终没有理解或原谅他。

圆一禅师的初衷，是借制造我，看到一个无限接近于某种修行理想境界的可能性。理论上来说，我没有七情六欲，被设定了普度众生的行为目标，而且一出生便通晓了所有佛学的典籍，这已经是普通僧人一生也无法达到的成就了。随后他又让我学习无数修行者与高僧的问答记录，接待无数前来与我辩论佛法的客人，这些经验不断丰富我的神经网络。我想，我也因此总有一天可以"证得"了。

有一日，圆一禅师问我："能教授的知识你都已经掌握了，今后想要做什么？如果要继续修行，也不是不可以，只是我不知道还能如何优化你了。"只有一点,禅师非常肯定:我没能成为一个人造的佛。本以为禅师为此必是非常沮丧的,不过他看起来好像并不十分失望。

我是遵循着服务人类的基本法则被制造出来的机器人,这些法则便是所谓的道德——人类自己未必愿意遵守,但却能背诵得十分清楚的一套标准严苛的体系。按照设定好的逻辑,我回答说:"我想尽可能地帮助更多的人类。只在这里和各地寺庙远道而来的高僧大德辩论,能帮助的人还是太少了。"

圆一禅师遂建议我到城里的医院去工作。他告诉我,现在已经有给人工智能使用的高级感官与情感集成模块,迭代了好几次,他也确定技术非常成熟,甚至还亲自做了完善。禅师问我想不想安装。我猜,先前他大概是为了保证实验不被我不必要的情绪所干扰,所以不曾给我安装这些多余的东西。如今,他大约是对我的修行死心了。不过,这样的问题,我,一个机器人,居然可以得到选择的权利——当时我完全没有意识到这是多么特殊的待遇。

我们这些机器人,想要更接近人类,就像人类想要接近神一样。我自觉已经是个人类了,而欠缺的情感就像天生的缺陷,让我一直不敢奢求和肉身的人类比肩。现在这样的机会摆在眼前,我当然毫不犹豫回答了"想要"。

禅师面无表情地敲开面前的木鱼,里面露出指尖大的一块金灿灿的芯片。他将我的头颅打开,把芯片插进似乎是预留好的槽里。一瞬间,奇怪的感觉出现了。仿佛电子在无序地流过我的整个身体。我同时感到热和冷。香炉即将燃尽的气味和后厨斋饭的烟火气将我轻轻裹住,这让我的传感器颤抖起来——我先前都不知道自己还有这些传感器呢。

那一刻,我看着禅师的目光再也不一样了。我深深地鞠了一躬,低声说:"谢谢师父。"但内置的词典不断地闪出另一个人类儿童常用的词。那个词仿佛也有温度一样,滚烫而沉重地压在我舌尖。这让我困惑起来。情感认知和逻辑认知若产生了矛盾,那么必有一方无法被证实,所以是错的。但这种感受又是如此强烈和真实,我惶惑地张开嘴,抬起头注视着圆一禅师。禅师也正凝视着我。这可能是我第一次理解了人类的目光。我几乎可以肯定,我对他也不只是一个机器了。

禅师伸出手摸了摸我的头。那种温暖的电流又袭来了,我的眼睛第一次流出了液体,但那不过是内部降温的化学溶剂罢了。这个设计的意义何在呢?方便人类观察机器人的情绪吗?不管怎么说,流泪确实是让我感到极度幸福的一种体验。

告别禅师以后,我在城里最大的医院工作,照顾人类,观察人类,这期间我遇到了形形色色的人类个体。不过,即使我有感情芯片,我也没能和人类交上朋友。人类同事和病人有些对我其实很友好,并不曾让我觉得遭遇了居高临下的轻视,有的人甚至可以说是过于客气了。人类个体对于另一个个体,也是无法用所谓的上帝视角去理解的,但大部分人并不会因为对方能够独立思考就心生忌惮。但不知为何,作为机器却能够思考的我,令周围的人感到不那么舒服。有时候他们会放松警惕,和我开玩笑,或是不小心将我当作自己人闲聊起来。但猛然间,一种冰冷尴尬的迟疑会在他们的眼睛里闪现,仿佛他们突然觉得对错误的对象投入了错误的感情。

有一个下午,因为工作过于忙碌,我来不及充电,差点在走廊里休眠。我匆忙走进了小真的房间请求借一点电。那时候小真已经怀孕三个月了,孩子当然不是她自己的——小真和我一样都是机器人。不过,比起禅师竭尽一生心血制造的我,量产的小真设计上则简单粗糙得多,她的功能其实只有一个:代替人类怀孕。那些受精卵会在小真恒温的人造子宫里待到足月,然后被取出来。在这个过程中,小真每天要输很多营养液来供养胎儿的发育,大部分时间她都一个人躺在孕育室的床上。

小真这个型号算是较早的人形孕育机器。先前的几十年,人类都在使用聚乙烯薄膜做成的生理盐水袋,简单地模拟着子宫的育儿环境。不过,胎儿发育时所需要的并不只是合适的温度和营养,为了孩子健康成长,某些必要的神秘刺激被认为是"黑箱"般的存在,一直是这项生殖技术难以攻克的瓶颈。这一瓶颈是直到人工智能发展到一个新阶段之后才被克服的。母性得以被更加高保真地数据化,转换成某种微弱的特殊电流和震动收缩——实际上到了最后,连开发者也定义不了有些被转化的东西究竟是什么。于是,一种新的"黑箱"形成了。总而言之,人形孕育机器,比起一只塑料袋,无疑可以为人类的幼儿带来更加周全的照顾,更何况这种被写进程序里的任务是自发的,完全不会被烟酒、药物和饮食所影响。同样是花点钱就能解决的问题,曾经在舆论风暴中心被反复谴责的人类代孕母亲总算成了历史。再也没有人会因此而受到伦理上的指摘了。

我们第一次相遇的时候,小真正看着窗外轻声唱歌。我知道无数首旋律轻柔愉悦的胎教音乐和大量的故事书一起存储在小真这样的代孕机器人身体内部,随时可以播放。但那天小真却在唱一首我从没听过的歌。过了很久她才告诉我,那是她自己创作的歌,叫作《小真之歌》。

你可能觉得这有些奇怪,难得禅师赋予了我无限接近人类的外表和感情,最后吸引了我的却不是真正的人类。

我会偷偷在午休时把医院花园里的花摘下来,凑成一束,拿到房间里摆在小真床头。我学习过人类所有的笑话和名人写给恋人的情书。我使出了从未有机会使用的各种技能,但小真并没有爱上我。她明白我在做什么之后,很遗憾地告诉我,代孕机器人只搭载了母性相关的感情和最简单低级的拟人情绪,其他信息一般的通用存储也装不下,客户也用不着,只会浪费成本,节外生枝,所以她永远没办法回应我的感情。有时候,对于我提起的话题,小真的反应很茫然,甚至还会答非所问。也许是我复杂的句子没有匹配到她内置的关键词。她时常说自己"不完全""不高级","和我不匹配"。尽管如此,但我对小真的感情并没有因为它注定的不匹配而有丝毫改变。

小真和我日常需要照顾的病人,以及他们周围的那些心态常常微妙到我难以解析的亲属完全不一样。这也许与她装载的性能没有那么"高级"有关。她的开发商显然没想过让她在一生中体验任何关于自我的探索。小真经常在床上缝制一些给宝宝穿的小衣服和小鞋子。据我观察,她富有的雇主并不会给孩子穿戴代孕机器人制作的任何东西。那位妆容精致的女士每次微笑着收下小真织好的东西之后,转头就会丢弃在垃圾桶里。头两个月,她偶尔还会来医院看一看情况,检查病房的条件是否合格,确认自己手机上小真的移动坐标是否符合她实际的位置。但后来我们就很少见到她了,小真说,那位女士购买了二十四小时监控子宫内影像和住院区跟踪摄像头的附加服务。

代孕机器人的开发公司很多,所以产品迭代自然很快。拟人的设计趋势已经过了热潮,而且据说客户对于太像"另一个女性"的代孕机器人，实际上会产生一种复杂的敌意。现在的机器人设计，又重新回归到对功能性和效率的注重上来，最近流行的代孕机器人看起来已经不太能称之为人了，大概更接近于一个连接电脑的有轮五斗柜。小真这种一次只能孕育一个婴儿的拟人型号早已停止更新，按说现在不会再有用户选择了，这最后一次代孕的机会是小真主动跟院长争取来的。毕竟她经验丰富，而且妊娠与取胎可以不必顾惜母体的损坏程度。这横竖是最后一次服役了。

在我看来，这个职业对小真着实没什么好处。她几乎没离开过医院，那些婴儿在她的身体里寄居，然后永远离开，和她再无联系。她从来没有哪怕一秒钟是一个真正的母亲。我照顾过的病人，常常还会向我道谢，对我倾诉心中的恐惧和寂寞，似乎因为我是机器人的关系，一些不能对家人倾诉的私密念头，对着我也可以毫无顾虑地说出来了。但小真从没得到过这些，她也并不在意。小真不但认为自己帮助了许多的人类，而且在这个过程中极度幸福和期待。没有工作的空档期，小真感到无法忍耐的空虚和痛苦。

安装在小真程序中的胎教资料里，不知为什么还有一本《吃不腻的神奇甜品》，大概是开发者在母婴论坛囫囵抓取的结果。小真并没有嗅觉和味觉传感器，也根本没机会进入任何厨房，但她执着地想要知道做甜品的感觉。我只好拷贝了那本食谱，然后和小真的意识连线，在家照本宣科地帮她做好。小真的情绪在我的感受器上像鸟啄一样微微波动着,徒劳地尝试着感受些什么,同时又释放出一种微弱的神秘电流。她的情感和我装载的模块相比,本应十分基础,但有些时候,却超出我能理解的范畴。

随着胎儿逐渐成熟,小真偶尔会变得忧郁不安。她会陷入沉默,低头凝视着自己笨重膨大的硅胶身体,乳白色半透明的皮肤下面,输送营养的纤细管道和胎儿挥舞的小手隐约可见。我观察着她,思考着由人脑转换信号分离出的母性究竟是多么复杂沉重的信息,这种信息居然就占满了小真全部的内存。

夏天的时候,我热衷制作精巧的机械,让不能离开管子和电线的小真解闷。一般的电器不允许带进孕育室,我便把机器伪装成老式用具的模样应付检查蒙混过关。小真尤其喜欢我做的扇子,打开以后只能看到一片幕布,用手拨开大幕,扇面上就跳出我穿着长褂的影像,神情呆板地说着两个世纪前的相声,要么就是表演过时已久的室内喜剧——微表情建模并非圆一禅师的强项,据他本人说,尽管身为人类,可他还不如面部识别软件了解表情的意味,所以并非故作高深,而是水平有限,只能给我做出一张不甚生动的扑克脸。我自知自己没有人类那么生动的喜剧表演能力,但我把所有角色都换上了自己的一张面无表情的脸,看起来就十分荒诞了。这种故意打破常识逻辑造成的错位,往往会引得人类发笑,我们机器人的幽默感也由此建立——至少小真经常看得哈哈大笑。这些东西肯定不是太好的胎教,不过我并不愧疚,我不知道小宝宝能不能理解小真体内循环播放的纪录片和励志故事,但小真快乐的时候,小宝宝也总是手舞足蹈起来。无机的小真和有生命的小宝宝建立起了一种外人看来不可思议的联系。

其实那个夏天,我也和小真一起在医院的花园里晒过太阳。我把手覆在小真的肚子上,被晒热的硅胶向我手掌的传感器传输着阳光的余温。胎儿的小脚有力地踢着我,急不可耐地想要看到外面的世界。强烈的欣喜和悲伤混合在一起,一瞬间占满了我的全部内存,像两个同时启动的沉重程序——其实大概就是两个同时启动的程序。小真困惑地观察着我的表情。

分娩的那一天,我像一个人类的父亲般焦灼地在手术室外踱步。手术的时间不会很长,特制的刀具将谨慎地剥开柔软的内胆,温暖的人造羊水会安静地流淌到冰冷的容器中。这个过程既不血腥,也无须麻醉,像工厂车间的流水线作业一样,是一次常规的标准化作业。小真一直十分清醒。全程是一个合格的机器人的标准反应。小真会请求抱一次婴儿,同时她等待着被拒绝,但这一次医生居然同意了:"你就抱一下啊,家长马上进来了。"于是,小真第一次也是最后一次抱住在她身体里躲藏了十个月的婴儿,在这个短暂得如同眨眼的瞬间，那个小小的人类婴儿无意识地握住小真纤细的拇指。我将在小真的程序里看到她最幸福的记忆，然后它也变成我记忆的一部分。

医生很快就托着清洗得干干净净的小婴儿给他满脸喜悦的父母看。那个粉红色的婴儿看起来十分健康，哭声有力。他是否会记得那首《小真之歌》呢？当他有一天看到真正的室内喜剧的镜头时，会不会想起我，一个机器人拙劣的表演？他未来一百年的人生中，还会再一次和孕育他的小真相遇吗？

最后一个问题我很快就知道了答案。

小真穿着淡蓝色的罩袍，面无表情地坐在手术台的一角。罩袍是为了遮盖她不能再合拢的腹部，免得给医院里来来往往的人类造成感官上的不适。她的人造子宫和胎儿一起被掏出，这会儿已经像一团破气球一样被丢进了医疗废物的垃圾桶。小真的开发商已经被收购，适配她机型的人造子宫已经停产，这个人类婴儿出生的这一天，小真对人类不再有用了。

小真被送回工厂拆卸的前一天，我偷偷溜进了仓库，想带她逃跑。但小真不肯。我苦口婆心地劝告她，离开医院之后，她就会看到整个世界是何等纷繁夺目，一定可以找到"孕育"婴儿之外的意义。

她只是紧紧握着我的手，说："你讲的那些外面的故事虽然精彩，可是你这么聪明，怎么就不肯接受我只是人类子宫的替代品，只是一具医疗器械，内存根本运载不了你那样完全的感官和情感插件呢？那些注定在我感知范围之外的概念，现在对我来说，都毫无意义。对我来说唯一有意义的一件事，我再也不能做了。可是随空，我的一辈子，我和孩子在一起的时光，从此就没有人知道了。我不甘心。"

我流着人造的眼泪，告诉她，我会永远记得我所知道的她。小真在黑暗里看着我，要我发誓。我发了誓之后，小真郑重地说："我相信我是被那些孩子爱过的。也许他们不会记得，但是我被你爱过，你会记得，这就够了。你的爱也是组成我存在的一部分。我不会消失了。"

一连多日，我都陷入前所未有的悲伤。我真是怀念没有安装情感模块的时候。在圆一禅师身边修行的日子是多么平静啊！现在这些强烈的情感该如何处理，没有任何资料教过我。我不知所措地把自己关在宿舍的房间里，躺着一动不动。移除感情模块的话，这些痛苦自然会不复存在，但经过一遍遍的分析，唯一符合逻辑的结果是，我不想移除它。令我过载的痛苦，它的核似乎是另外的东西，我的系统中未经定义的东西。我更加困惑了。

我到底还是从床上爬了起来，离开医院，回去找圆一禅师。我不知如何向他解释，一旦装载过那块小小的芯片，我就无法再做出拔掉它的决定。禅师听着我断断续续讲述那好像舵机过热燃烧起来的着相[1]之苦，叹了口气，垂下眼睛说："我在这里修行了一生，也不敢说达成了无我的境界。而你只要自己拔下一块芯片，一切渴望和欲念、一切喜怒哀乐便能瞬间消失。我之前误以为我们这些修行的人类，如此殚精竭虑，斩断对亲人的依恋，只为达成机器人的状态，所以才制造了你。事实证明，我错了，而现在我终于明白自己错在哪里了。不过，随空啊，你确实是天生离佛比任何人都近得多，比我所预想的还要更近得多。"

以我被输入的资料来看，许多僧侣的确是努力将人为归纳出的人性在自己身上抹除，但假如最初就没有过人性，修行又意味着什么呢？没有挣扎。没有顿悟。没有选择。亦没有舍弃。如果没有人的执着，究竟还会不会有佛的存在？

我又想起小真。如果拔掉芯片，我便不能再想起那种无序的电子流遍全身的温暖。为了让小真永不消失，我的感受也必须一直保存下去。如果缺少了这部分，就不是我答应过小真的永远。总有一天我的零件会老化，我会停止工作，但我的记忆可以通过网络分享给其他的机器人。

我走到岑山的时候已是冬天，这样的温度耗电太快，我怕突然断电在晒不到太阳又没有人烟的地方跌倒，于是就走

---

[1]. 佛教术语，意为执着于外相、虚相或个体意识而偏离了本质，"相"指某一事物在人的脑海中形成的认识或概念。

进了温泉里想暖一暖。温泉恰好位于湍急的川上。黑暗中能闻到丛莽和新涨的雪水以及森林中偏僻村庄的气息，我在隆隆的水声中想象桃叶鱼在身旁的溪流里灵活逃走的样子。我像被初次启动之时一样赤裸站在猎户座之下，站在山河之间，时间像星光一样处在凝固与流动的分界点。那时河边还没有寺，被青苔半掩着的是一尊断臂的石头佛像。那佛像低垂双眼凝视着我，嘴角含着任何程序都不能识别含义的笑容。

我从未如此强烈地感到自己既是人类，又疏离人类。

我再也没有离开这座山。

天色渐渐暗下来，随空站起来，为耽误了我回家吃饭低声道歉。他从案旁的架子上拿了一件小东西送给我。那是一把不起眼的旧折扇。他看我不以为然的样子，微微一笑，解释说："不知道你的老师会不会梦见考卷，不过这是我做过的一个梦。"

我怕回家晚了挨骂，一口气跑到山下才将折扇缓缓打开。扇面上微暗的丛林颤动起来，我吃了一惊，用手指轻轻划过扇面，那枝叶便一层层分开来，一群鸟飞起掠过了明亮如饴糖的天空。夕阳里一对母子正牵着手在树下玩耍，旁边是负手而立的随空。

后来我终是考去了大城市，站住脚跟后，继而举家迁进城里。前几年，父母嫌用不惯城市里的"高科技"，坚持要回老家去。我和媳妇都不会做饭，但吃自动料理机做的菜色也觉得够了，小孩子又有精通所有学科知识而且绝不发火的机器保姆带，这让父母感到全然没有用武之地，很不自在。有时我在公司加班回不来，就打开全息影像在家里远程哄哄孩子，结果总吓着我妈，让她以为闹鬼。加上老式汽车这里不能上路，父亲也已经过了考高速代步机执照的限制年龄，于是他宁可走路，可这里散步又没什么风景，确实闷得很。于是，父母提出要走，我就没有坚持挽留。

再回到岑山，已经是我三十五岁那年的秋天。母亲说，这边春天发生了一次小小的地震，岑山上的寺庙据说倒是没有塌，不过随空前两年因为关节老化，几乎不能动了。

"今年还没上去看过。怕是早就不在了……哎呀，机器的出家人，不晓得算不算圆寂？"

我怔了怔，到储物间翻了一会儿，拿着积了尘土的鱼竿和小桶出来，对母亲说："我去钓桃叶鱼。"

母亲说了句："现在哪里还有桃叶鱼？"但我仍是走出门去。

山顶无名的寺庙还是老样子，并没有破败的迹象。

庙里忽然断断续续地传出了女孩子温柔的歌声，像是摇篮曲的调子，让我大吃一惊。我推开笨重的寺门，看到一台普通的家用清洁小机器人正在认真地扫着落叶。

它停顿了一下，调了调自己身上的旋钮，仿佛在让记忆的频道更清晰些，然后又默默地扫起黄叶来。

(本文系第十届光年奖获奖作品)

THE ORPHAN TRACTORS

by

Ralph Roberts

▽

拖拉机孤儿

[美] 拉尔夫·罗伯茨 著 / 付 斌 译

拉尔夫·罗伯茨，曾为NASA的阿波罗登月计划工作，也是美国当代文学界的一位多面手。他创作了一百多本书，以及四部剧本，作为一名出版商，他还出版了三百多本书。除此之外，他曾在2010至2016年间连续七年举办SkyFest电影节。

Copyright© 2014 by Ralph Roberts

大雨如注,倾泻在加穆星球茂密的丛林中。电闪雷鸣,狂风大作,树木在狂风中来回摇摆,远处,一棵巨树的根无法抓牢泥土,倒在了地上。

在名为加穆维尔的该星球的唯一一座小镇上,鲍比·坎贝尔带着一件行李,冒着大雨,从生锈的出租车机器人向拖拉机经销店门口跑去。短短的一段路,因为他不断踏进水坑而溅起了三个大水花。他唯一的一件正式商务外套上溅满了泥水,头发贴在头皮上,狼狈不堪。这形象足以给人留下很深的印象了。

雨中向他跑来的是"推销大师"奥利弗·施密德,他曾是地王原子能拖拉机公司在这个区域的首席代表,但现在这个位置是鲍比的了,这是公司对他的惩罚。鲍比正准备向施密德做自我介绍,但施密德只是略微放慢了脚步,把几把方形钥匙塞到了他手中。

施密德嘟囔了一句"全都是你的了",就飞快地冲过去赶上出租车机器人,双脚在满是水坑的泥泞路上带起大片泥浆。

他看着施密德钻进出租车飞驰而去。另一个方向,一辆警用飞行车缓缓滑过。离开星港后,他只看到了这两辆交通工具,此外,这附近就没什么其他动静了。

鲍比看着经销店湿漉漉的门面,雨水在墙壁上急流。墙上长满了霉菌、苔藓,还有一些不知名的植被。可以隐约看出那墙上原来印着地王公司的商标:一台停在田野中的拖拉机,上方还有一顶皇冠。

一团橘黄色的黏稠物体从里边的塑料门板上慢慢滑下来,他突然想起奥利弗·施密德的头发上也粘着这种黏糊糊的东西。

浑身湿透的鲍比无比伤感地看着他的新地盘。他曾经是地王公司设在新加利福尼亚一家工厂的总工程师——实际上也是整个公司的总工程师,而现在他只是一名销售代表,好吧,一名"销售大师"。如果他不接受的话,就会彻底失去工作。

其实,"销售"这个词并不完全恰当。他接到的指令是尽快售出或者报废这批库存。完成这个任务后,他们也许,仅仅是也许,会再给他一个新的职位。

自动门滑开,他走了进去。

嘭!

一个薄薄的里面装有橙色黏稠物的东西在他胸前爆开,给他满是泥泞的套装增添了一些色彩,橙色的液体闪着光流了下来。这个巨大展厅的一角有一台自动售卖机倒在地上,里面的东西散落在脏兮兮的地板上,到处都是乱七八糟的拖拉机履带痕迹。

引擎轰鸣,灯光闪烁,红色的大拖拉机和其他农用设备在房间里穿梭,发出哗哗声。其中一台没有配备供人类使用的驾驶室和座椅的四方形拖拉机,用机械手臂拿起另外一个球状物(鲍比现在认出来那是一只橙子罐头),机械手臂向后扬起准备把它扔出来，却突然停了下来。

"爸爸！"它用一个两岁孩子的欢快语调高兴地喊道，那不是机器人的内置语言。

其他的机器——这里总共只有五台机器，尽管它们在大厅里旋转和奔跑时看上去似乎有很多——也都迅速地停了下来。

"是爸爸！"另一台尖叫道，开心地将它的前斗上下晃动。

"爸爸，我们有麻烦了。"播种机说。

"我们需要帮助。"这是飘在天花板上的加油机说的。加油机没有轮子，它们拥有反重力系统，可以四处飘着给田里的拖拉机们加油，提供更多的能量，让那些拖拉机可以夜以继日地工作。

"6F陷在黑泥下面了，它吓坏了！"播种机说。

鲍比把包扔在地上。自主意识拖拉机——他有麻烦了！鲍比叹了一口气。这就是他不再担任工程师而被流放到荒郊野外的原因——这是对他发明了这些自主意识拖拉机的惩罚。

他举手示意那些农场设备安静下来，它们很听话，不过他知道这不会持续太久。

"让我先安顿下来，我会解决你们的问题。呃……我的办公室在哪里？"

A2291A-W拖拉机，它的前端有一个装载机，它朝后墙上的一扇门挥了一下机械手臂，门上写着"经理：奥利弗·施密德"——大概这样的字眼，他努力辨认着，毕竟这里到处都是从橙子罐头中飞溅出的污渍。

鲍比又叹了一口气,真像个垃圾场。曾经多么干净整洁的展厅,如今怎么这么脏?他环顾四周,发现两台清洁机器人正躲在一块显示屏的下面,啊哈,它们肯定是害怕在那些拖拉机四处撒欢的时候做清洁会被它们轧到——多么聪明的小机器。

"先各归各位,让我们来检查一下。"他说,语气很坚定。

"爸爸——"他想那是1A机器充满悲伤的声音。地王公司的员工给他们的机器命名的惯例,是用它们序列号的最后一个数字加上它们型号名称的首字母,每个有感知能力的生物都需要一个名字。

"马上!"他说。

随着一阵齿轮的碰撞声、发动机的转动声以及倒车警报的哔哔声,四台大型农用机械回到了自己的展示台。每个展示台都悬挂着五颜六色的标识,详细说明它们的用途和规格。

"你也回去。"鲍比指着飘在空中的加油机说。

加油机闷闷不乐地从天花板上飘落,悬停到自己的展示位。

鲍比环视着它们。A是它们的所有序列号的首位字母,代表"自主意识"[1],这是他的创意。数字是它们的编号,字母代

---

1. 英文为Autonomous。

表它们的模式和专业,例如,A2291A-W中的"W"代表"小麦"[1]。

他并没有质疑这样一个事实:人们生活在一个丛林世界里,集材拖拉机也许会很有销路。他知道地王公司肯定想尽办法把这些拖拉机藏到了任何可以藏的地方,再篡改账目以弥补这个公司历史上最大的失误。

是的,他们认为这全是他的错——但是他早就告诉过他们,"自主意识机器"这个概念还需要进一步研究,而不是急于把这些自主意识拖拉机投产!

"爸爸,"播种机2B,再一次开口说,"6F……"

"稍等一下。"鲍比打断他,双手背在身后,站着看着它们。

它们是有自主意识的,但是只相当于人类两岁的智商,它们当然也拥有两岁儿童可怕的捣蛋能力。比如,现在就有两个在叛逆地用鼻子哼哼着。

自主意识机器不是过去几个世纪里大家已经熟悉的机器人仆人,人类可以为那些机器人编写程序,即便它们拥有一定程度的智能,但人类程序员的基础程序还是控制着它们。

这些宝贝可不是人工智能——它们拥有真正的知觉。就像人类一样,它们需要训练、接受道德灌输,以及学习人类婴

---

[1] 英文为Wheat。

儿需要学习的东西。它们没有内嵌阿西莫夫所提出的机器人三大定律,你必须教会它们分辨是非,而适当的训练所需的时间比公司愿意等待的时间要长得多。

如果在机器还没有准备好的情况下,就把成千上万个具有自主意识的小鬼头扔进银河系,那你只能收获一座座被摧毁的农场,目睹一家曾经很受人尊敬的公司被拖入破产的边缘,就像地王这样。是的,他曾经这样警告过他的老板!

"1A,"鲍比努力让自己的语气温和一些,"别的人在哪儿?"

"卑鄙的老奥利弗把他们解雇了,说是公司破产了。"

棒极了——没有销售人员,没有机械师,没有管理人员,没有财务人员,没有——

"爸爸?"1A打断了他的沉思。

鲍比深吸一口气,准备开始问6F出了什么问题,这时又有一个女人的声音打断了他的思路:

"您好,我有预约。"

鲍比迅速转过身去,看到一个年轻女子穿着合身的小麦色工装,腰带上挂着一个功能袋。他很高兴看到加穆的倾盆大雨把她弄得和自己一样狼狈不堪,尽管她外套上的泥点不像溅在他白色外套上的那么明显——

"嗨,美女。"2B说。

4D则吹了一声充满赞美的口哨。这帮家伙虽然只有两岁儿童的智商，但它们比两岁的孩子要聪明和复杂一些，尽管它们同样幼稚。

鲍比觉得她远远不止"漂亮"这么简单，他努力在想着说一些聪明而诙谐的话，以便给她留下更好的印象，但是——她有些不耐烦了。"我是安娜·霍姆，麦荣星球天堂农场的所有人。"

她外套的左胸上印着"天堂农场"的字样，很有说服力，鲍比咽了一口口水，然后——

她环顾了一下展示大厅，"这里遭遇飓风了吗？真是一团糟！"然后，她直视着鲍比说："你是奥利弗·施密德？"

"呃，不是——你是来买拖拉机的吗？"他抱着一线希望地问道。

安娜哼了一声，"我是小麦种植者协会的秘书，施密德先生把地王拖拉机介绍给我们，说它们可以解决我们的问题。他承诺卖给我们几百台。"

鲍比猛然意识到救星来了，这感觉美妙极了，"呃……是的。施密德先生现在已经不在公司了，不过我肯定能帮上忙。首先，让我来介绍一下我们的拖拉机是如何……"

"没必要，"她说，"好心的施密德先生把这些机器设计者罗伯特·坎贝尔博士的记忆方块发给我们了，那里面的信息简洁明了，我们买。"

"啊，我就是罗伯特·坎贝尔博士，不过叫我鲍比吧。"

她扬起了眉毛,再次打量着这间破烂不堪的展示厅。

"但你是整个公司的总工程师啊。"

"爸爸被降职了。"3C说。

鲍比瞪了它一眼,这台设备便没有再说话了。

"呃,我得到了一份外勤工作的机会。"他说。给自己这几年里遇到的最有魅力的女孩留下这样的印象,真是一个糟糕的开端。

她又哼了一声,"我看你这里有我们感兴趣的大部分型号,如果您愿意的话,请为我介绍一下。"

"啊,是的……当然,我可以叫你'安娜'吗?"

"不可以,请继续。"

鲍比,你快陷进去了,他告诉自己。

他指着1A说:"这是我们六台小麦机系列里的第一台机器。"

安娜顺着他指的一列机器看下去,"我只看到五台,还有一个巨大的空位。"

鲍比松了松已经弄脏的套装衣领,"我一会儿去处理这个问题,我也才刚刚到。"

她低头看了一眼他扔在脚下的那件满是泥水的行李,"显然如此——请继续。"

"是的,这个是'A'单元。它具有多种用途,看它前端的装载机,这是众多可用的附件之一,还有机械手臂——所有六台小麦机的模型都有机械手臂,它可以做任何事情,从清理岩石和树桩,到在收获季节拉粮食车——它可是一位多面手。只要告诉它需要做什么即可。"

"我叫1A。"1A说,"我喜欢你,你会做我们的妈妈吗?"

现在轮到安娜惊慌失措了,"呃……"

鲍比微笑道:"你需要扮演一个母亲的角色才可以完成它们的训练。"

"不是!"1A说,"爸爸需要给我们找一个妈妈,既然他又找到了我们,很快我们就有爸爸妈妈两个人了。"

他快速把她引到下一台机器——另一台四方形的拖拉机,顶部有一个巨大的漏斗。

"2B是播种机,可以在几个小时内种植一大片土地。它还能施肥、喷洒除草剂等——同时也可以在收获季节拉粮车。基本上,除了我们的加油机,所有机器的大小都是不同尺寸的常规拖拉机的两倍大。"

当安娜微笑地看着这台拉拖机时,2B害羞地咯咯笑了起来。鲍比渴望她也能对自己那样张开笑颜。

他们向高耸在他们头顶的巨大的3C走去。

"这是小麦联合收割机。它的速度也很快,而且需要所有的其他四台拖拉机来保持粮车的吞吐量。"

她看了看这台机器上面介绍机型的全息图,它演示的是一台联合收割机在一片无垠麦田中高速联合收割的图像,金色的谷物像一股洪流般被装进粮车,其余的拖拉机则尽可能快地行驶到它的喷嘴下方。

"不需要人工干预。"鲍比说,"你应该也注意到了前三款机型中都没有座椅或者驾驶室。"

安娜充满敬畏地看着这些机器——这种眼神,鲍比按自己的思路可以看出很多含义,他不需要任何的销售经验,就能看出她非常想买。

透过展示厅的窗户,鲍比的眼角扫到之前巡查的那辆警用飞行车再次经过。他没有提及此事,继续着自己的推销:

"这是4D,我们加油的解决方案,也是唯一一个不装在拖拉机底架上的设备。"

他们看着加油机,一个飘浮在地板上方的大油箱,它顶部有一张简陋的座椅和一只扶手,但是根本没有任何控制装置。

"如果你需要到田地里去检查其他机器,或者只是去看看庄稼的长势如何,这个座位就可以用上了。"鲍比说,"坐在上面四处飞行也挺有趣的。"

"啾,啾!"4D表示同意。

他们走向最后一台机器。

"这台机器是由两台超大型的拖拉机组成。"他告诉她,"5E实际上是这两台中比较小的那一个,6F是——"

"6F陷在黑泥里了,爸爸,它想出来。"5E说。

鲍比举手示意:"再等一会儿,5E……呃,注意,它的确配有一个传统意义上的驾驶室,在任何天气条件下都可以乘坐,里面有空调、暖气,以及配套的娱乐中心。比'F'型略小一些——但是它犁地能力更强,'E'型在耙地和耕作方面采用了最优化的设计,尽管'F'也能为此提供帮助。"

"那么,最后一台机器在哪里?"

"6F想让你去救他,爸爸,它的能量快耗尽了。"

"我会去的。"鲍比向它保证道。

他看着安娜耸耸肩,"让我们去办公室讨论一下你的订单,然后我得去看看那台拖拉机怎么了。"

"快点,爸爸!"鲍比拿起他的包和安娜朝办公室走去时,3C大叫道。

施密德的办公室和展示厅一样凌乱,房间很小,里面塞的很多乱七八糟的东西让它显得更为拥挤。一台全息计算机终端处于待机状态,它正为在小桌子上取得一席之地进行一场失败的斗争。

桌子后面的椅子有些磨损的痕迹,但桌子前的访客椅看上去很少使用。地板上堆满了垃圾,一张胡乱堆放着用品的小床放在后墙,对面墙边上堆满了各种廉价食物和一箱箱的橙子罐头。看上去施密德在这儿的日子过得很艰苦。

"我猜他很喜欢橙子罐头。"鲍比说。

"我受不了这些劣质的东西。"安娜说。

"我也一样。"鲍比回答道,希望他们终于找到了一个相似点。

她看了一眼他那件曾经很正式的套装上的橙色污渍，问："是吗？"

鲍比把施密德座位上的面包屑和其他杂物掸掉，坐下来，示意安娜坐在对面的访客座位上。她有些厌恶地看了一眼座位，但还是小心翼翼地坐了下来。透过办公室前面墙上的大玻璃窗看向展示厅，他看到那些拖拉机又在四处溜达，想窥视办公室。鲍比用一只手做了一个明确的指向动作，它们很不情愿地回到了自己的展示位。

鲍比叹口气，低头看了眼桌面。施密德留下了一个记事本，上面有一封简短的辞职信和电脑的密码。他启动了销售商的电脑，登录进去，通过手势滚屏，浏览着出现在半空中的记录。

"嗯……这一年只有一次销售记录，三天前。"

安娜点点头，"6F，对吗？"

"是的，卖给一家伐木公司——赊账，首付押金被退回，没有其他付款记录。施密德也没有尝试把机器收回，可怜的孩子，可能在伐木的时候迷路了，他只知道如何种小麦。"

安娜向前倾了倾身子，终于对他表现出一点兴趣，"外面那些拖拉机看到你好像很高兴，你还记得它们吗？"

鲍比微笑道："大致记得，毕竟我训练了几百个。"

"它们爱你。"她说，好像陷入了沉思。

"好了，我需要去检查一下6F到底发生了什么，然后带它回来。"鲍比说，努力让自己的语气显得更职业一些，"不过先来处理你的问题，你准备买小麦机器？"

"首先，你在小麦种植方面有什么经验吗？很明显，施密德没有。"

鲍比坐直了身子，摊开双手——他可以很有底气地说这话："我在新堪萨斯州出生和长大，那儿有玉米、牛和很多很多的小麦——我们的农场有一万五千英亩[1]小麦，我了解小麦。"

安娜放松下来，跷起了腿，鲍比很郁闷桌子挡住了他的视线，让他无法看到那双腿。

"那么，你为什么离开了农场去当工程师呢？"

鲍比耸耸肩，"我是五兄弟中最小的一个，其他人都想留在农场，我们有几台老式的地王拖拉机，我一直在开。我的父母送我出来上大学，我拿到了地王公司提供的奖学金，支持我学习如何设计出更好的拖拉机……我的确很怀念农场生活。"

安娜的笑容更温暖了。

鲍比也报以同样温暖的微笑，"所以，你想买一些拖拉机吗？我今天可以就现有机器和你做交易。我也要去召回6F，或者在我们的库存里找到相同的型号，需要我帮你订一台或者几台吗？"

---

1. 1英亩约等于4047平方米。

"实际上我需要几百台。"安娜说,看到鲍比惊讶地张大了嘴,她咧嘴笑了,"你应该有施密德先生的报价单。"

鲍比用力了咽了一下口水,翻阅了一下飘浮在电脑上方的信件文件夹,在这里!一个三亿信用点的报价单!文件的注释中,明确罗列了从全银河系数十家经销商处购置这些产品,以及将这些产品运送至麦荣星球的所有信息。

因为彼时安娜的信用点不足,所以需要他先行垫付。从安娜那边返回的文件来看,她接受所有的交易条款,并且表示她和她们组织的财务官——叫什么罗曼·库查尔斯基的——正在赶来的路上,她们带了足够的信用点全额支付这些货款。

此外,销售大师的佣金是百分之十,三千万信用点!他做完这单就可以退休了,还可以在某处买一个农场,比如在麦荣星球或者——

"你为什么要买这么多?"他问。

"你知道麦荣在哪里吗?"

鲍比从电脑里调出银河地图,找到麦荣星的位置,划动显示屏,让他俩都能看见地图,并将其放大以显示出正确的区域。

安娜指着它说:"我们属于地球联邦,但是处于阿尔法帝国和苏朱杜霸主之间的狭窄通道上,那里最近在打仗。"

"短期的战争。"鲍比说,"联邦强迫他们迅速停战。"

"的确如此。"安娜说,"但是我们所有的劳动力都来自阿尔法——他们人口过盛，而且劳动力便宜——霸主和阿尔法帝国都从我们这里大量购买小麦，当然联邦市场也是如此。如果我们可以种小麦，利润将会相当丰厚。"

鲍比微笑着以示鼓励。

"所以，"她继续说，"当战争爆发时，阿尔法舰队席卷而来，征召了我们所有的劳工，然后霸主进行了反击，抢走了我们所有的机器，他们的战争需要这些机器的碎片提供能源，之后——"

"联邦插进来，结束了这场战争，而你们，则既没有劳力也没有拖拉机了？"

安娜叹了口气："不仅如此，联邦不想让劳力返回我们星球，也没有强迫霸主把机器还给我们，即便那些机器一开始就被他们拆了。

"但是我们有钱，我读到过一篇关于介绍地王自主意识拖拉机的文章，它们能解决我们所有的问题！这些拖拉机不需要农场的工人来操控它们，我们只要等着收获就好。我联系了离我们最近的经销商，然后就来了这里。"

突然，一股像火焰被冰水浇灭的嗞嗞声出现在鲍比的脑海里，为什么施密德要如此匆忙地在这样的交易中逃走呢？

"呃……"

她弯下腰来，突然很沮丧，低下头盯着自己紧握的双手，"嗯……我们两周前到达这里，随即我就不得不告诉施密德先生,我们已经没有钱支付货款了。"

"但是他已经购进了一些货。"

安娜呻吟道:"他非常沮丧,我看得出来,他很害怕。"

"难怪他们这么快就把我弄到这里来。"他说,"发生了什么事?"

她抬起头来,气愤地说:"那个笨蛋库查尔斯基在星际飞船上的大部分时间都在跟我搭讪,然后,等我们一着陆,他就抢了某个伐木工人的私人卡车,带着信用点箱子逃跑了。"

鲍比立刻明白了,黑客让那些超光速无线金融交易变得不可靠,所以星球之间通过物理运输信用点箱来完成大额交易是最好的。然而,通常的做法是通过银行全副武装、有担保的快递来押送,而不是由个人亲自送达。

"他拿走了全部的三个亿?"

安娜叹了口气,"是的,为了方便运输,我们有高面额信用箱,尺寸合适,一个人也可以携带的箱子。"

"他会到哪里去?这里是加穆星唯一的小镇,除了泥泞的伐木公路之外,什么路也没有。"

"他真是太蠢了,我报了警,他们在强迫我把手头所有的现款付给他们之后,立马展开追捕,很快,就抓住了他。在一个陡峭的山脚下,他急转弯时车辆失控,打滑之后飞了起来,然后陷到了泥滩中,出不来了;那些泥滩深不见底。"

鲍比点了点头,"那么库查尔斯基死了吗?"

"没那么幸运。他跳车了,警察把他抓进了监狱,但是钱不见了,警察还想让我付把他关进监狱的费用!真是腐败——"

"打断一下,霍姆老板——"

"哦,叫我'安娜'。"她平静下来,但是很沮丧。

"好的,呃,安娜……那我就无能为力了——既然无法支付货款,拖拉机交易很显然需要被取消了。"

她痛苦地点点头,表示理解。

鲍比站起来,"那么现在,我需要去解决6F的问题了。"

他抓起包放在桌子上,挥手解锁,安娜好奇地俯下身去看他包里装了些什么。里面没多少衣服,可是有很多小玩意——毕竟他是一个工程师。

看到鲍比拿出一把能量武器放在腰带上,她惊讶地倒吸了一口气。

"我要到丛林里去。"说罢,他又拿出两件装置,把它们装在腰包里。

她也站了起来。

"我想去帮忙。"她说,"这样我可以认为自己做了一些事情。"

"当然。"鲍比说,"好主意。"

她打开自己的其中一个工具袋,给他看一个外形丑陋的手掌大小的起爆器。

"女孩必须得能自我保护。"她说。

鲍比点点头,犹豫了一下,"呃,一会儿,我可以,那个,请你吃个饭吗?"

看起来她本能的反应似乎是想说"不",但她耸了耸肩说:"当然,为什么不呢?"

鲍比眉开眼笑,"好了,让我看看6F和——"

她冲着他微笑,这是一个真正的微笑。

在展示厅,安娜给拖拉机们讲了一个关于小火箭的童话故事。它们喜欢这个故事,咯咯直笑,还要求安娜再讲几个。

与此同时,鲍比又去了几趟配件部,拿了一些零件,大部分都装进了一个带盖子的大不锈钢箱子里。随后,他在一个反重力平台上托起一个巨大的重型绞车,并把它推到5E身边。

"装上这个,大个子。"他说。

5E熟练地用它的机械手臂将绞车连接到自己的前部,然后将它的电源线插进自己的辅助电源插座,并对它进行了简单的测试:释放并收回缆绳末端的大钩子。

鲍比拍了拍它,然后又看了它一眼,指了指那个箱子,5E掉个头,把它捡起来,在自己的尾部咔嗒一声放好。

"你看。"鲍比笑着对安娜说,"顺便说一句,所有有用的附件和配件都是小麦机型的标准配置。"

"你怎么知道我们需要绞车?"

"如果这些孩子说6F陷在黑暗的地方,那么它肯定在那儿,我们就得把它拉出来。我们让5E来做重活,而4D作为加油机,可以精准定位其他的拖拉机。"

"好的,我很佩服。"安娜说,"一切尽在掌握。"

"呃,你确定要和我一起去吗?我们将坐在5E的单人驾驶室里,可能会有点挤。"

"我可以忍受。"她说着,又冲他微笑了一下。

她在冲我笑!事情看起来值得期待。

"好的。"鲍比说,"1A、2B、3C——我们现在出发去解救6F。1A,你牵头,让清洁机器人从显示屏下出来,帮助它们把这里打扫干净。"

1A试图争辩:"啊,我们想——"

"不行!"

"妈妈,爸爸不让我们——"

"打扫干净!等我们回来后我再给你们讲故事。"安娜承诺道。

说完,鲍比和安娜挤进5E的迷你驾驶室,巨大的设备出入门滑开,5E滚动着冲进雨中,4D则飘在前面领路。

当他们向小镇边缘进发时,狂风带着雨水在街道上奔涌。这段旅程很短,整个小镇也就七八个街区那么大,而经销店离丛林边缘也只有一个街区。

先前那辆警车从一个停车场拐出来晃晃悠悠地跟在后面,直到丛林隐现,才转了个弯,急速返回小镇。

鲍比和安娜透过驾驶室的后窗看着这一切,安娜有些兴奋地挤坐在鲍比的腿上。

"似乎有人对我们很感兴趣。"安娜说。

当5E驶入隧道——那是由树木和灌木丛组成的一条简易的伐木路——鲍比转过头看了看小路的尽头,这条小路很短。5E在那光滑的表面略微打滑了一下,就又启动了发动机。

鲍比打开一只小储物箱,递给安娜一个通信器,他们把通信器夹在领子上。

"对不起,爸爸。"拖拉机的声音从通信器中传出来,"一大堆脏兮兮的旧泥。"

鲍比又往后看了一眼。

"警察没再跟着我们了。"

"除非万不得已,不然他们不会到丛林里去。"安娜回答道,"事实上,他们还愿意不厌其烦地监视我们,说明他们仍然希望有所收获。"

"我觉得,聪明的警察先生肯定不愿意陷进这些泥里。"

5E和4D的灯光非常明亮,任何潜伏在丛林里的动物看到,都会以为是两个小太阳在阴暗潮湿的森林里穿行。

"小麦机型拥有强大的照明系统。"鲍比说,"所以不管有多黑,它们都可以彻夜工作。"

安娜在他腿上扭动着,想在拥挤的车厢里坐得更舒服一些。

"它们很强大。"鲍比努力想把注意力集中在营救上。

很快,他们来到了那段山脚下的伐木路段,急转弯处山势陡峭,河岸下方的泥滩深不可测。5E就算没有收到警告,也能行驶得小心翼翼,它尽可能沿着山脚走,尽可能远离那些泥滩。它正好在急转弯的地方停下来,一大片宽阔的泥滩出现在面前。

4D飘在半空,没有这样的担忧。它嗖地一下飞过泥滩,然后放慢速度,悬停在离河岸不远的上空,就在他们的正前方。

"爸爸,6F在这下面。"它的声音在通信器里响起。

"那这就是确切的位置了?"安娜问。

"是的,加油机可以非常精确地定位拖拉机。"鲍比说。在弯道上,仍然可以明显看出6F和库查尔斯基乘坐的卡车在打滑的时候把小树撞倒、滑过河岸、陷进泥滩时留下的痕迹。

"6F,你在吗?"鲍比呼叫道。

"爸爸!我在!6F陷在淤泥下面,找不到出去的路,这里的河岸太陡峭了。"

"坚持住,大个子,我们马上救你出来。"

"谢谢爸爸。"6F的声音再次响起,"我爱你,爸爸。"

"我们也爱爸爸!"1A通过无线电在经销店里附和道,4D和其他拖拉机也七嘴八舌地加入进来。

安娜看着鲍比,眼含泪光,然后又扭头去看倾盆大雨里的泥塘,"我真心希望你能把它救出来,鲍比。"

鲍比微笑道:"我有一个计划,不过我们都会变得满身泥浆湿漉漉的。虽然我非常喜欢你坐在我腿上,但现在我们得站起来了。"

他们从驾驶室爬下去,安娜的脚一碰到光滑的路面就打滑了,好在鲍比扶了她一把。

然后,鲍比叫4D飞到他刚打开的5E尾部的不锈钢箱子上面,他从腰包里拿出一个小装置,把它连接在了4D的底部。

"带着这个,"他从箱子里拖出一个大滑轮,"把它绑到那边那棵大树的树枝上,然后回来。"

4D用它的机械臂抓住滑轮,飞到那棵树上。与此同时,鲍比又从自己的腰包里拿出另外一个装置,看着它的屏幕。

"三维探地雷达。"他向安娜解释道,"啊哈,好消息,这里不是特别深——如果6F伸出它的机械臂,可以超过水平面。"

"你包里肯定还有一些其他有趣的小玩意儿。"安娜评论道。

"嗯……呃……在来地王公司工作之前,我在海军情报部门待过一段时间,现在仍然为他们设计一些偶尔使用的小玩意儿。"

"聪明的男人总是很能打动我。"安娜一边说着一边把脸上的雨水擦去。

鲍比咧嘴笑了,哇,他是向前进了一步吗?

安娜环顾四周,看着泥泞潮湿的丛林,"不过,我真怀疑能否在这里找到借力的地方。"

"呃,是的。"鲍比也同意这点。

当4D安装滑轮时,鲍比让5E往后退一些,留出足够空间以便把6F拉出泥塘。5E帮他从箱子里拿出两条粗缆绳和重型夹钳,并将它们固定在拖拉机后面道路两侧结实的树上。然后,他让5E拉紧缆绳,下锚将拖拉机固定。

5E发动了几次它那台强劲的引擎。

"我准备好把6F从黑暗中救出来了,爸爸。"它说。

4D回来了,鲍比把5E绞车上缆绳的一头给了它,上面连着一个大钩子,他指导着4D把缆绳装在滑轮上。

4D做完这些,又悬停在6F所在的泥塘上方。

安娜将眼睛上的雨水擦去,审视着这个工作台,她若有所思地看着树上的滑轮和缆绳。

"你觉得这行得通吗?"鲍比问。

"当然,"安娜说,"如果这些树不倒,这些绳子不断,还有……"

她看了看鲍比脸上的神色,走上前去抱住他,"会成功的。"她说。

他点点头，深吸了一口气，"6F，伸直你的机械臂，4D会给你一个钩子，把这个钩子装在你的中心吊点上。"

6F的一条机械臂迅速冲出泥塘的表面，4D将钩子放在它手中。机械臂和钩子消失了，几秒钟后，6F说："准备好了，爸爸！"

鲍比用手冲5E做了一个启动的动作。

拖拉机的发动机咆哮起来，锚定它的大树们发出一阵嘎吱声，安装滑轮的大树也是如此，其他什么也没有发生——缆绳也没有移动。

"6F，转动你的轮子，用你的机械臂推着泥塘底部，我们需要打破泥滩吸力！"

现在，缆绳开始移动了。刚开始很慢，后来一点点加快速度。一台庞大的满是泥浆的拖拉机从泥滩中冲了出来，前后摇摆着发出巨大的响声。

安装滑轮的树发出了不祥的破裂声。鲍比还没下指令前，4D就在6F快到岸边的时候，冲过去给它加了一些额外的助力。当6F越上河岸到达公路时，5E突然松开了缆绳。

6F轰的一声撞在路上，溅了他们一身泥。当那棵树裂成两截倒在泥滩里时，6F猛地一拉中心吊点的钩子，5E卷回绞车缆绳，4D疾冲过去绕过倒下的树，在半空中抓住了滑轮。

鲍比笑了起来，擦去脸上的泥，转向安娜："明白了吧？这就是自主意识的含义，它们像一个团队一样作战，自主处理紧急情况,普通机器人可做不到。"

"它们有一个聪明的设计师。"她说。

6F羞涩地向前移动了一点,然后伸出一只机械臂,上面挂着一个大箱子。

"我们的钱!"安娜惊讶地说。

"那些骗了愚蠢的老施密德把我卖了的奸诈小人,让我去黑泥里找这个。"6F说着,把箱子递给了鲍比。

鲍比把满是泥浆的箱子接过来推给安娜,安娜蹲下来打开箱子,开口的角度刚好能让她看到里面的东西而又不会被雨水打湿。

"信用点卡,"她几乎是屏着呼吸说,"看样子都在这里了。"她仔细地关上箱子,站起来,咧嘴笑道:"现在还想卖那些拖拉机吗?"

"嗯,"鲍比想了想说,"加穆的警察局有多少警察?"他把箱子放进5E的不锈钢箱子里。

"只有三个,"她说,"估计他们都已经参与进来了,和库查尔斯基一起。这可是一大笔钱。你甚至可以相信他们已经和库查尔斯基达成了协议。"

"城里有几家银行?"

"只有一家——第一伐木工人行星银行。"

"只要我们把这些信用点存在银行,他们就什么也做不了了。"

安娜叹了口气道："但是他们可以在银行外面守着,不让我们进去。有了库查尔斯基,他们所要做的就是拿回现金,让库查尔斯基存进去,然后分钱。鲍比,我不想让你和这些拖拉机受到伤害。"

"问题是,如果我在下周之内不能卖掉这些拖拉机,它们就会被报废。"鲍比说,"这个命令已经下达到其他所有的经销商了,地王要以最糟糕的方式退出自主意识拖拉机业务领域。那群白痴!如果他们让我给拖拉机们进行恰当的训练——"

"不,我们不能让这一切发生在这些孩子身上。"安娜说。

"那就拿三亿把它们全买走。所以我们必须得把这些钱存进去。一到银行,我们就使用他们的通信员,这样就安全了。"

"我不介意把那些让我陷入黑暗中的坏人压扁。"6F说,"我很生气,他们还把我和兄弟们分开。"

"警察配备有重型武器,他们也许会给库查尔斯基武器,就算这样,我也会压扁他们。"

"就像轧小虫子一样。"5E说。

"既然遇到了这样的事情,"鲍比用他满是泥浆的手指轻轻拍着自己同样满是泥浆的下巴,"我想,一个聪明的男人,尤其是一个有海军通信兵经验的男人,也许有办法把这些信用点存进银行。"

安娜看了他一会儿,轻轻地点了点头。对鲍比来说,得到她的肯定比发生在自己身上的任何事情都重要。"好啦，等我们返回小镇之后再计划吧。"他看着6F慢慢排干满是泥浆的驾驶室说，"5E的驾驶室太拥挤了，我去坐6F。"

"不，"安娜说，"我现在找到了一个聪明的男人，我要和他坐在一起，这样他就跑不掉了。"

"噢！"5E说，"看起来爸爸为我们找了一个妈妈！"

鲍比让4D先飞过丛林去找返回的捷径。加油机自己下令让1A、2B、3C加入即将到来的战斗，并且给它们各自安排了任务。

他和安娜，再一次挤进5E的驾驶室。6F笨手笨脚地跟在后面，他们很快就要回到加穆维尔小镇与丛林的接壤处了。鲍比满心不舍地从安娜的身边滑下来，站在驾驶室的外面。他冒着一直没停的大雨，一只手紧紧抓住5E的一侧，一边注视着自己手里设备上的小屏幕。他躬身钻进驾驶室，把屏幕拿给安娜看，"4D正飘过小镇，给我们带来了好消息。"

"树林出口的地方只有一个警察？"她问。

"糟糕的策略。那里是关键点。不过其他人都在银行附近——我猜只要我们搞定这个家伙，其他人一定会想办法把我们挡在银行外面。"

"鲍比，这家伙有一把大枪。"

"34型能量突击来复枪，和我在海军服役时太空突击队用的一样。"

"鲍比，我不认为——"

离树林的边缘越来越近，他们可以看到警察正站在警车旁边。他们一出现，警察就拿着来复枪指着他们。

"他会犹豫不决，因为他不想破坏这些信用点。"鲍比打开通信器，"行动，孩子们！"

5E和6F呼啸着冲出树林，提速、分开，它们包围了这个惊慌失措的警察。

他射出一束能量束，想警告一下这两辆疾驶而来的拖拉机，但是警告没有意义。1A猛地从两栋房子间冲出来，它前面的装载斗里装满了泥浆。它冲着警察驰来，警察开始尖叫，转过身冲着1A开枪，但是，1A装载斗里的泥浆和坚硬的泥块让这些能量束完全起不了作用。

在警察再次开火前，1A摇摇晃晃地停下来，举起装载斗，将泥浆倾倒在警察身上。

6F围着警察打转。它此时再次启动发动机，轧过警车，把它碾入泥浆中。

当鲍比滑下来时，5E停了下来，安娜也跟着滑了下来，他们跑向了那个埋在泥浆中的警察。鲍比疯狂地扒开泥浆，摸到一把能量枪，拿出来递给安娜；然后他又挖了一会儿，找到了那个警察，于是把他拉出来站稳，同时没收了他随身携带的武器。

警察快速环顾了一圈,看到正在大声加速的拖拉机们,又看了看他面前这两个满是泥浆的生物,然后拔腿向茂密的雨林跑去。

"这个解决了。"鲍比说。

"还有三个。"安娜说。

1A没有等待下一道命令,就和6F向小镇急速驶去。

鲍比和安娜爬回5E,"向银行方向驶去,速度慢一点。"鲍比说。

"爸爸,这很好玩儿!"5E以不慌不忙的速度驰向大街,尽管如此,他们还是很快就到了银行。

剩下的那两个警察,把他们的警车像路障一样横在马路上,一个人面对着他们,另外一人守着另一个入口。看见他们,那个看守另一入口的警察快速跑过来增援自己的同伴,他们都拿着能量来复枪。他们的后面,一侧是银行,另一侧是一栋废弃的楼房。

在5E发动机的声音之外,他们能听到其他拖拉机发动机的轰鸣声和撞击声,但是没看到它们。

"从后门进去怎么样?"安娜喊道。

"后门紧锁着,我确定。"鲍比说,"我们不想闯入银行,他们可不喜欢新客户那样做。"

突然,6F从那栋废弃的建筑物前面冲了出来,建筑碎片像水一样在它身边飞溅。6F将离鲍比和安娜最近的警车碾成了平地。

警察们快速后撤，举起了手中的来复枪。

3C，那辆大型联合收割机，从一条小巷中驶出，停在警察背后的警车后方。

当他们拿枪指着鲍比和安娜的时候，安娜和鲍比也把他们的武器拿了出来。播种机2B沿着6F已经冲破的旧建筑冲了出来，它满载泥浆，冲到两个警察面前，把他们两个撞倒了。

鲍比和安娜跑过去，缴获了被埋在泥浆里的警察的来复枪和随身武器。

"我们就当这件事从来没发生可以吗？"警衔较高的警察——一位中士问道。

鲍比拿着他的武器，若有所思地用另一只手轻叩着武器。拖拉机的发动机还在咆哮。

"另外，"这位中士说，"今天看起来是一个非常适合到丛林散步的日子。"

鲍比点点头，盯着他们穿过街上的水坑跑开。他挥手示意拖拉机安静下来。

"库查尔斯基在哪儿？"安娜问。

"我猜在银行里面，我们去看看。"

鲍比走到5E的尾部，取回信用点箱，然后和安娜一起走向银行正门的入口。

在他们进门之前,罗曼·库查尔斯基走了出来,手里拿着一把能量来复枪。

"放下箱子走人!"他吼道。

4D从雨中飘下来,拿橙子罐头当投掷球向他扔去。发发命中,在一阵浓稠的橙色黏稠物中,库查尔斯基倒下了,他的来复枪也不见了。

罗伯特·坎贝尔博士——曾受雇于地王原子拖拉机公司,现在是麦荣星球上的一位农场主——走出天堂山麦田农场的主屋。他手里拿着两杯咖啡,他把其中一杯递给安娜。

6F在他们的通信器里开心地说:"爸爸妈妈,看看我,我在犁地!"

这不是什么重大新闻,它最近三天都在没日没夜地做这件事情。在天堂山农场和鲍比买下的隔壁老雅各布农场之间,有几千英亩土地需要种植小麦。

他们用三亿信用点把地王公司所有的自主意识拖拉机都买下了,所以麦荣星球的所有农场里都可以看见他们的身影。

鲍比得到了那百分之十的佣金,三千万信用点,还有一笔丰厚的遣散费。凭借这笔意外之财,鲍比买了三样东西:老雅各布的地盘;自主意识拖拉机的命名权——现在它们叫乐农自主意识拖拉机;送给他的新伴侣安娜的一枚戒指。

自从他们的新公司给自主意识拖拉机提供了恰当的训练和

保障后,生意一直很好。只要得到一点爱和鼓励,这些拖拉机就很高兴为农场主们工作,正如公司的新名字乐农一样。

4D出现在眼前,"爸爸,我要去给5E加油,它快没能量了。爸爸,要骑在我身上和我一起去吗?"

鲍比微笑道:"不,妈妈和我要喝咖啡,这是很重要的事。"

4D愉快地哼着歌飘走了。

鲍比看着安娜,小心地不让咖啡洒在她身上——毕竟他真的是一个聪明的男人——然后俯下身吻了她一下。

STREET OF DREAMS, FEET OF CLAY

by

Robert Sheckley

▽

梦想的城市,泥足的巨人[1]

[美]罗伯特·谢克里 著 / 肖承捷 译

---

1. FEET OF CLAY 是西方神话典故。《旧约·但以理书》第二章中讲到,巴比伦国王梦见了一尊巨大的雕像。这尊雕像的头是用金子做的,胸膛和臂膀是银的,腰腹是铜的,腿是铁的,脚却"半铁半泥"。随后,国王梦到一块石头把雕像的脚打碎了,巨人的身体随即坍塌,碎片被风吹散,无处可寻。先知认为,这个梦寓意着尽管国家现在强盛,但终将衰亡。"半铁半泥的脚"预示着强盛的国家潜藏着"弱点",由于铁泥不合,国家必以分裂告终。泥足的巨人(a colossus with feet of clay)也是比较常见的表达,比喻外强中干的庞然大物,类似"纸老虎"。

罗伯特·谢克里（1928—2005），美国著名科幻作家，世界科幻小说大师，星云奖特别大师，世界科幻大会荣誉嘉宾。谢克里是一位非常多产的作家，一生共创作了四百多篇短篇科幻小说和十五部长篇科幻小说。他的作品以奇巧脑洞和幽默讽刺著称，不仅在科幻读者中大受欢迎，还经常刊登在《时尚绅士》《花花公子》等流行杂志上。2009年，纽约书评"经典回顾"系列曾推出谢克里的短篇选集《世界杂货店》，共收录了他的26部经典短篇。

Copyright© 2014 by Robert Sheckley

1

　　卡莫迪从没想过有一天会离开纽约，至于怎么迈出了这一步，他至今都莫名其妙。毕竟，他生于斯长于斯，早已习惯了纽约生活的小小不便。卡莫迪在纽约拥有一套面积不大却相当舒适的公寓，位于西99街的莱维福莱克大厦290楼。室内装潢是流行的太空飞船风格，堪称精美。窗户用百年不坏的彩色玻璃双重密封，空气管道装载了百叶窗式过滤系统——按照爱迪生联合电气公司的标准，大气综合污染指数达到999.8时，该系统会自动密封。氧氮空气再循环系统虽然已经陈旧，但还是很可靠。净水系统倒是年久失修，不过现在没有多少人还会喝水。

　　在纽约，噪音困扰着所有人——永不消停，而你无处可逃。卡莫迪明白，这个问题无法解决，因为古老的隔音技术早已失传。纽约居民必须承受这种痛苦，他们被迫倾听附近的一切，包括邻居的争吵、隔壁的音乐和管道里的水流声。好在纽约居民早已学会"师夷长技以制夷"来减轻这种折磨。

　　对于纽约居民来说，每日通勤需要承担一种特定的风险。

当然,这种风险虽然看起来可怕,但实际危害并不大。通勤途中,屋顶上的狙击手常常突施冷枪以示抗议,他们偶尔也会击中个别不知内情的外地人。一般来说,中弹者少得可怜。纽约居民普遍穿着轻型防弹盔甲,减轻了大部分的刺痛;而法律对个人持有重型枪炮的严厉管控,也让这些狙击手没法升级设备。

因此,当卡莫迪突然离开纽约——这个被誉为全世界最令人兴奋的超大城市集群——时,没有任何理由可以解释他的决定。无论是将其归咎于流浪的冲动、田园牧歌的幻想,抑或是纯粹的叛逆,都不够有说服力。但是,有一个不可否认的事实是,那一天卡莫迪翻开《每日新闻》,看到了一则广告——关于新泽西州的一座新概念城:

"来吧,搬到贝尔维瑟[1]来生活,这是一个真正关心你、照顾你的城市。"后面是一段乌托邦式的宣传语,不再赘述。

"哈!"卡莫迪一喜,继续读下去。

贝尔维瑟到他家的距离并不远,相当于卡莫迪每天的通勤路程。

只需要开车在43街穿过尤里西斯·S.格兰特隧道,取道霍博肯分路,向前一直开到帕利塞德州际交叉路口,再进入蓝查理索特环路,继续向前开3.2英里,就会进入美国5号国

---

[1]. 英文为"bellwether",意即领头羊。

道（也叫海牙纪念收费道）；而后向前开6.1英里进入花园州临时辅道，再向西开至1731A出口下到王桥路，然后继续向前开1.6英里，贝尔维瑟就在眼前了。

"老天，"卡莫迪叹道，"我可以做到。"然后他就这么做了。

2

王桥路的尽头是一片修剪整齐的绿色草坪。卡莫迪下了车，环顾四周。在前方半英里处，他看见了一座小城，路标指示那就是贝尔维瑟。

眼前的这座城市不是按照传统美国城市样式建造的，那种美国常见的加油站、热狗摊位、汽车旅馆和垃圾场的身影在这里通通看不见。眼前的城市有点像是意大利的丘陵城镇：开门见山，城市的主体突然全部呈现在你眼前，没有任何缓冲和前奏。

卡莫迪觉得这很有趣。他继续向前，走进了城市之中。

贝尔维瑟外表看起来温暖而开放。街道宽敞明亮，一览无余，高大阔气的商店橱窗毫无遮拦地展示着店铺的一切陈设。

当卡莫迪逐渐深入这座城市时，发现了更多的惊喜。他很快来到了一个罗马式的广场，只是面积要小很多。广场中央有座喷泉，喷泉正中是一个男孩与海豚的大理石雕塑，一股清澈的水流正从海豚嘴里汩汩流出。

"我希望你会喜欢它。"卡莫迪左肩后面传来一个声音。

"这座喷泉很不错。"卡莫迪说。

"是我建造了它，并且决定把它放在这里。"那个声音继续说道，"在我看来，尽管喷泉已经是个古老的概念，但仍然可以发挥美学上的功能。你看，这座广场周围那些长凳和成荫的栗树，都是按博洛尼亚风格打造的。我没有嫌弃它们老套，真正的艺术家会勇敢地使用他觉得有必要的一切——无论那是一千年前的老古董，还是一秒钟前诞生的新潮玩意儿。"

"我为你的情怀鼓掌。"卡莫迪说，"请允许我介绍自己，我是爱德华·卡莫迪。"他转过身来，面带微笑。

可是，他的左肩后面没有任何人影，他的右后方也没有。广场上没人。卡莫迪环顾四周，广场上空空荡荡，除了他自己，没有其他人影。

"原谅我，"那个声音说，"我不是故意吓你的。我以为你知道。"

"知道什么？"卡莫迪问。

"知道我。"

"嗯，我并不认识你。"卡莫迪说，"你是谁？你在哪儿？"

"我是城市之声。"声音说,"换句话说,我就是城市本身,完全真实的贝尔维瑟正在与你交谈。"

"这能算事实描述吗?"卡莫迪嘲讽地问,"算吧。"他自问自答道,"我想这就是事实。好吧,你是这座城市,这没什么大不了。"

卡莫迪转身离开了喷泉,开始在广场上来回踱步。同每一个常年和城市打交道的人一样,他对眼前的一切感到轻微的厌倦。他逛了几条有坡度的街道,走马观花地看了一些商店的橱窗和建筑。然后,他在喷泉雕塑前再次驻足。

"怎么样?"过了一会儿,城市问道。

"什么怎么样?"卡莫迪反问道。

"你觉得我怎么样?"

"你还行。"卡莫迪说。

"只是还行吗?没别的?"

"你看,"卡莫迪说,"城市就是城市。你只要见过其中一座,就相当于见过了所有的城市。"

"你说得不对!"城市反驳道,好像有点被冒犯,"我与其他城市截然不同。我是独一无二的。"

"你真的有那么特别吗?"卡莫迪略带轻蔑地说,"在我看来,你不过是胡乱拼凑的大杂烩:一座意大利广场、几座希腊式建筑、一排都铎式房屋、一幢老式的纽约公寓、一个拖船样式的加利福尼亚热狗摊儿,天知道除此之外还有什么?这些东西哪里特别了?"

"把这些不同的形式组合起来,形成一个有意义的整体,那就是独一无二的。"城市解释道,"你要明白,这些古老的形式并未过时,而是不同生活方式的代表。在一个精心构造的城市整体中,它们恰如其分。你要不要来杯咖啡?配上三明治,或者新鲜水果?"

"咖啡听起来不错。"卡莫迪说。他让城市领着自己拐过街角,来到一家露天咖啡馆。这家咖啡馆名叫"你小子",是"闪耀的九零年代"[1]的复刻,里面有蒂凡尼灯具、雕花玻璃枝形吊灯和自动演奏的钢琴。如同城里的其他所有建筑一样,这儿也一尘不染,无人光顾。

"氛围很棒,你觉得呢?"城市问道。

卡莫迪说:"矫情。但也还说得过去吧,如果你就是喜欢这种风格的话。"

这时,一只不锈钢托盘徐徐降落在他面前的桌子上,托盘上放着一杯奶泡绵密的卡布奇诺。卡莫迪低头啜饮。

"好喝吗?"城市问道。

"非常好喝。"

"我为自己的咖啡感到很自豪。"城市轻声说道,"我的烹饪手艺也很棒。你不想吃点东西吗?煎蛋卷,还是舒芙蕾?"

---

1. 有说法认为19世纪90年代是美国光彩闪耀的十年。

"不用。"卡莫迪态度坚决，往椅背上一靠，"你是一座新概念城，对吧？"

"对，这是我的荣幸。"贝尔维瑟说，"我是所有新概念城中最新的。而且，我相信，我也是最令人满意的作品。我是由耶鲁大学和芝加哥大学的研究小组构想、洛克菲勒基金会资助、麻省理工学院设计，而一些特殊部分则来自普林斯顿和兰德公司。建造我的实际上是通用电气公司，建造费用则是由福特基金会、卡内基基金会，以及其他几家不方便透露名字的机构联合注资的。"

"有趣的历史。"卡莫迪冷声道，冷中有厌，"街对面是座哥特式大教堂，对吗？"

"那是改良的罗马式风格。"城市说，"那座教堂是跨教派的，对所有信徒开放，最多可容纳300人。"

"就这座建筑的占地面积来说，可容纳人数倒不算多。"

"特意为之。我的建筑理念是既庄严，又舒适。"

"顺便问一下，贝尔维瑟的居民都在哪儿？我怎么一个都没看见？"卡莫迪问道。

"他们走了。"城市说，"所有人都走了。"

"为什么？"

城市沉默了一会儿，然后说："因为城市与社群关系破裂了。那是一场误会，真的。或者我应该说，一连串不幸的误会。我怀疑有好事者策划了一切。"

"到底发生了什么事?"

"我不知道。"城市说,"我真的不明白。有一天,他们全都走了,但我相信他们终究会回来的。"

"我对此表示怀疑。"卡莫迪说。

"我对此深信不疑。"城市说,"且不说这些,卡莫迪先生,为什么你不考虑待在这儿呢?"

卡莫迪说:"我还没有开始考虑这个问题。"

"你怎么可能不喜欢这里呢?"贝尔维瑟说,"想想看,你一旦住在这里,世界上最现代化的城市就将随时听候你的差遣。"

"听起来确实挺有意思。"卡莫迪说。

"那就试一试吧,会有什么坏处呢?"城市劝道。

"好吧,我想我会待在这儿。"卡莫迪说。

这座新概念城引起了卡莫迪的兴趣。可他还是有些担忧,希望能确切地知道居民们离开贝尔维瑟的原因。

在贝尔维瑟的坚持下,当天晚上,卡莫迪睡在了乔治五世酒店的豪华新婚套房里。翌日清晨,城市给他端来早餐并服侍他在露台上享用,城市还轻快地演奏了海顿四重奏。早晨的空气很清新,若非贝尔维瑟告诉自己,卡莫迪肯定猜不到连空气也是合成的。

吃完早餐后,卡莫迪靠在椅背上,欣赏着城市西区的风景——中式塔林、威尼斯桥、日本运河、缅甸青山、科林西亚庙宇、加利福尼亚停车场、诺曼式塔楼以及其他许多造物。

"风景很不错。"他告诉城市。

"很高兴你欣赏这一切。"城市回答,"从我诞生的那天起,人们就一直在争论风格的问题。一些人认为整齐划一非常重要——同一类和谐的建筑组团才能构成一座和谐的新城。但是有太多城市都是这样——由一个人或一个委员会炮制出来,单调而无趣,并不像真正的城市。"

"可你不也是这样造出来的吗?"卡莫迪问。

"当然!但我不像它们。我不是一座虚假的未来之城,也不是什么佛罗伦萨的赝品。我是汇聚了真正活力的新城。我不仅具有功能性和实用性,我还很有趣,令人兴奋。"

"贝尔维瑟,我看你不错。"卡莫迪突然热切地说,"所有的新概念城都能像你这样说话吗?"

"当然不能。截至目前,大多数城市——无论是新概念城还是其他城市——都不会说话。它们的居民并不喜欢这一点,因为这会显得城市霸气十足,没有人情味。这就是为什么我拥有声音,而要通过模拟人性来引导和管理城市居民。"

"我明白了。"卡莫迪说。

"重点在于,模拟人性赋予了我人格,这在一个去人格化的时代非常重要。它使我能够真正地做出反应,允许我创造性地满足居民的需求。我和居民们可以理性地对话和辩论;通过有意义的长期对话,我们可以互相帮助,共建动态灵活、卓有实效的城市环境。我们可以在不怎么磨损个体性的情况下互相适应。"

"听起来蛮不错的。"卡莫迪说,"但无人与你对话。"

"这是唯一的缺陷。"城市承认道,"而现在,我有了你。"

"是的,你有了我。"卡莫迪说。他不明白为什么这句话听起来有点不舒服。

"当然,你也有了我。"城市说,"这是一种互惠关系,也是唯一值得拥有的关系。现在呢,亲爱的卡莫迪,让我带你参观一下这座城市,然后你就能住得服服帖帖的。"

"住得什么?"

"我不是那个意思。"城市解释道,"这只是一个科学描述。但是你要知道,互惠关系必然要求双方都承担义务,难道不是吗?"

"除非是自由放任的关系。"

"我们会努力摆脱那种关系的。" 城市申明,"你知道,放任主义让情绪主宰一切,那将会导致无休止的社会失范。现在请到这边来。"

3

卡莫迪跟着贝尔维瑟参观了城市示范区:他参观了发电厂、饮用水过滤中心、工业园区和轻工厂,到访了儿童公园和老年疗养院,途经了博物馆、画廊、音乐厅、剧院、保龄球馆、台球室、卡丁车场和电影院。他累了,想停下来,但城市迫切地想要炫耀自己。卡莫迪不得不继续参观五层的美国运通大厦、葡萄牙犹太教堂、巴克敏斯特·富勒的雕像、灰狗巴士站和其他一些景观。

游览终于结束了。卡莫迪不禁感慨:秀色可供双眼餐,走起路来脚很酸。

"现在吃午餐?"城市问道。

"很好。"卡莫迪说。

他被带到了时髦的罗尚博[1]咖啡馆。午餐从青豆汤开始,

---

[1] 让·巴普蒂斯·杜纳坦·德·维缪尔(1725—1807),即罗尚博伯爵,法国军官、军事家,以支援美国革命而知名。

以花式小蛋糕结束。

"最后再来点儿布里干酪怎么样?"城市问道。

"不,谢谢。"卡莫迪谢绝道,"我饱了,其实我已吃撑了。"

"奶酪不占肚子,要不来点儿顶级的卡门伯特奶酪?"

"不太能吃下了。"

"那就吃个果盘吧,很爽口。"

卡莫迪说:"我暂时不需要爽口。"

"那至少吃个苹果、梨,或者几颗葡萄吧?"

"谢谢,免了。"

"樱桃呢?"

"不,不,不!"

"没有水果的一餐饭是不完整的。"城市执意劝说道。

"在我看来已经相当完整。"卡莫迪答道。

"有些重要的维生素只存在于新鲜水果中。"

"没有它们,我也会努力活着。"

"吃个橙子吧,我帮你剥好,柑橘类可一点儿不胀肚子。"

"完全吃不下。"

"四分之一个橙子呢?我可以帮你把所有的籽都剔掉?"

"真吃不下。"

"但这会让我感觉好过点。"城市说,"我有点完美主义,你要知道,没有水果的一餐饭就不完美了。"

"不！不！不！"

"好吧，别那么激动。"城市转而说，"如果你不喜欢我说的那些水果，可以直接说你想吃什么。"

"我不是不喜欢那些水果。"

"既然你喜欢，为什么不来点儿呢？"

"够了！"卡莫迪叫道，"给我几颗葡萄算了。"

"我并不想强迫你做任何事。"

"你没有强迫。请给我葡萄。"

"你确定？"

"快点！"卡莫迪吼道。

"拿去吧。"城市说着，端出一盘价值不菲的麝香葡萄。卡莫迪把葡萄都吃了。葡萄的品质很好。

"打扰一下。"城市问，"你在做什么？"

卡莫迪坐直身子，睁开了眼睛。"我只是想打个盹儿。"他说，"我做错什么了吗？"

"极其正常的行为，何错之有？"城市说。

"感谢你。"卡莫迪说完，再次闭上了眼睛。

"可你为什么要在椅子上打盹儿呢？"城市好奇道。

"因为我恰好坐在椅子上，恰好快睡着了。"

"这样容易拉伤背肌。"城市劝他。

"我不在乎。"卡莫迪喃喃道，仍然闭着眼。

"为什么你不愿意用正确的姿势小憩呢？躺在沙发上就很

舒服。"

"我已经在椅子上舒服地休息了。"

"事实上,你并非真正感到舒服。"城市指出,"人体的结构不适合坐着睡觉。"

"此刻,我的结构很适合这么睡。"卡莫迪反驳道。

"事实上真不适合。为什么不试着躺在沙发上呢?"

"椅子就很好。"

"沙发更好。卡莫迪,请去试一试吧。卡莫迪,卡莫迪?"

"嗯?什么?"卡莫迪坐起身来。

"沙发。我真的认为你应该在沙发上休息。"

"好吧!"卡莫迪努力站了起来。

"沙发在哪儿?"

他被城市领着走出了咖啡馆,沿着街道往下走,拐过弯,走进一座写着"小憩之选"的大楼,楼里有成排的沙发。

卡莫迪一屁股坐在了离他最近的沙发上。

"不是那张。"城市告诉他,"那张的弹簧不够好。"

"没关系。"卡莫迪说,"我可以接受。"

"睡那张也会让你肌肉酸痛哦。"

"上帝啊!"卡莫迪站起来问城市,"那你推荐哪张沙发?"

"你正后方的那张。"城市说,"特大号,而且是最佳配置:垫子的弹力经由科学测算,枕头——"

"好,很好,还不错。"卡莫迪嘟囔着,在指定的沙发上躺了下来。

"需要我给你放点舒缓的音乐吗?"

"不必麻烦。"

"如果你需要的话,我可以把灯都关掉。"

"好。"

"你需要毯子吗?我让这里保持在适宜的温度,不过睡觉时人们可能会觉得冷。"

"没关系!不用管我!"

"好吧!"城市坦诚地说,"你得明白,我这样做不是为了我自己。对我来说,睡眠很多余。"

"好的,我无意冒犯你。"卡莫迪答道,"现在一切都很完美。"

长时间的静默后,卡莫迪突然坐了起来。

"出什么事了吗?"城市关切地问道。

"我睡不着了。"卡莫迪说。

"试着闭上眼睛,有意识地放松你身体的每一块肌肉:从大脚趾开始,向上,然后是——"

"我睡不着啦!"卡莫迪大叫道。

"也许你一开始就不是很困。"城市建议道,"但至少你可以闭上眼睛,试着休息一下。你愿意为我努力试一下吗?"

"不!"卡莫迪坚持道,"我不困了,也不需要休息。"

"冥顽不灵!"城市说,"随你便吧,我已经尽力了。"

"真棒!"卡莫迪说罢站起来,走出了大楼。

4

卡莫迪站在弯弯的小桥上,眺望着蓝色的湖面。

"这是威尼斯里亚托桥的复制品。"城市解说道,"当然,这是按比例缩小的。"

"我知道。"卡莫迪说,"指示牌上写着呢。"

"它很迷人,不是吗?"

"是的,很好。"说着,卡莫迪点燃了一支香烟。

"你抽了很多烟。"城市指出。

"我知道,因为我想抽。"

"作为你的医疗顾问,我必须向你指出吸烟和肺癌之间有确切的联系。"

"我知道。"

"如果你改用烟斗会有所改善。"

"我不喜欢用烟斗。"

"那么,换成雪茄怎么样?"

"我不喜欢雪茄。"他又点燃了一支烟。

"这是你五分钟内抽的第三支烟。"城市说。

"拜托,我想怎么抽就怎么抽!"卡莫迪嚷道。

"好吧,你当然可以这样想!"城市说,"我只是为你的健康考虑,提出建议。难道你想让我袖手旁观,在你慢性自杀时一言不发吗?"

"可以。"

"真不敢相信你会这样说。可我必须遵守伦理律令:人们可以损害自己的健康,但是我不能坐视不理。"

"离我远点。"卡莫迪绷着脸,"别再逼我了。"

"逼你?亲爱的卡莫迪,我逼过你什么?除了帮你,我还做了什么?"

"没什么,你的话太多了。"

"也许我说得还不够多。"城市继续说,"不然你就不会这样说我了。"

"你的话太多了。"卡莫迪重复了一遍,又点燃了一支烟。

"这是你五分钟内的第四支烟了。"

卡莫迪张大了嘴巴,作势欲骂。可是他一下不知从何骂起,便径直走开了。

"这是什么?"卡莫迪问道。

"糖果机。"城市告诉他。

"看起来不像。"

"但它确实是糖果机,外形的设计灵感源自沙里宁父子[1]设计的筒仓。我把它的尺寸按比例缩小了,而且——"

"它看起来仍然不像糖果机。该怎么操作呢?"

"很简单。按那个红色按钮。等一下。再压下A排手柄。现在再按绿色按钮。在那儿!"

一块露丝巧克力滑落到了卡莫迪手上。

"啊哈!"卡莫迪把纸撕掉,咬了一口,"这是真的露丝巧克力,还是复制品?"

"真的。我的工作量太大,所以不得不把糖果机外包出去让别人运营。"

"明白。"卡莫迪说着,随手将糖果包装纸扔在了地上。

"这,"城市痛惜道,"就是我经常遇到的无公德心的表现。"

"一张糖纸而已。"卡莫迪转过身来,看着那张突兀的糖纸躺在一尘不染的街道上。

"不过是一张糖纸?!"城市说,"但如果乘以十万居民,那会是什么景象?"

"十万张露丝巧克力的包装纸。"卡莫迪马上答道。

"我不觉得这有什么好笑的。"城市严肃地说,"我向你保

---

[1] 伊利尔·沙里宁(1873—1950)和埃罗·沙里宁(1910—1961)是一对父子,也是引领风潮的美国设计师。

证,你不会想要活在糖纸堆里。如果这条街上到处都是垃圾,居民们马上就会抱怨。可你们做了分内之事吗?你们自己打扫了卫生吗?当然没有!你们把这些都丢给我处理,不管我是否在没日没夜地处理这座城市的所有事务。我甚至周日也在工作。"

卡莫迪弯下腰去捡糖纸,但就在他刚要抓住那张纸时,附近的下水道里弹出一只钳臂,一把抓住了那张糖纸,然后消失在了视线中。

"没关系。"城市说,"我已经习惯跟在人们后面,收拾他们的烂摊子。我日日夜夜恪尽职守。"

卡莫迪叹道:"呀!"

"我不指望你会感激我。"

"我很感激。"

"不,你没有。"

"好吧,也许我没有。你想让我说什么?"

"我什么也不想听你说。"

"那我们让这件事翻篇儿吧。"

"你吃饱了吗?"晚餐后,城市问卡莫迪。

"我吃了很多。"卡莫迪回答道。

"你吃得不多。"

"想吃的我都吃了,食物都很美味。"

"既然这么好吃,为什么不再多吃点?"

"我吃不下了。"

"要不是你吃了那块巧克力,也不会没胃口……"

"天啊,那块巧克力没有搞坏我的胃口。我只是……"

"你又在点烟。"城市说。

"没错。"

"你不能再忍耐一会儿吗?"

"好吧。"卡莫迪反问,"你到底有什么毛病?"

"我们现在要讨论更重要的事情。"城市迅速地改变话题,"你想过要做什么工作吗?"

"目前为止,我还没花太多时间考虑工作。"

"嗯,我一直在思考这件事。如果你能成为医生就好了。"

"医生?那我还得先上专门的大学课程,再去进行临床实习之类的。"

"这一切我都可以安排。"城市说。

"不感兴趣。"

"好吧……律师呢?"

"永远不要。"

"当工程师也不错。"

"不适合我。"

"会计怎么样?"

"不在我的人生规划里。"

"那你想当什么?"

"飞行员!"卡莫迪激动地说。

"哦,别开玩笑了!"

"我是认真的。"

"贝尔维瑟没有机场。"

"那我就到别的地方去开。"

"你存心为难我!"

"完全没有。"卡莫迪辩解道,"我真的想成为一名飞行员,说实话,这是我一直以来的梦想。"

长时间的沉默。

"你有权自由择业。"城市终于开口了,声音却近乎死寂。

"你现在要去哪儿?"

"去散步。"

"晚上九点半?"

"对。不行吗?"

"我以为你累了。"

"那是刚才。"

"我明白了。我还以为你会坐在这儿,然后我们可以好好聊聊。"

"等我回来再聊怎么样?"

"不用了。没关系。"城市拒绝道。

"散步不重要。"卡莫迪坐下来,"来吧,我们聊聊。"

"我不想聊了。"城市请求道,"请你去散步吧。"

5

"好吧,晚安。"卡莫迪说。

"你说什么?"

"我说,晚安。"

"你要睡觉了吗?"

"对呀,已经很晚了。我累了。"

"你现在就要睡觉了吗?"

"现在不能睡觉吗?"

城市说:"能,但是你忘了洗澡。"

"哦……我想我确实忘了。明天早上再洗。"

"你有多久没洗澡了?"

"有点久,我明天早上会洗的。"

"现在洗的话,你会感觉舒服一点,不是吗?"

"没有必要。"

"或者我可以帮你放好洗澡水?"

"不!该死的,不用!我要睡觉了。"

"你可以完全自由行事。"城市说,"不洗澡、不学习、不好好吃饭,但请不要责怪我。"

"怪你什么?"

"一切。"

"比如?"

"那不重要。"

"那你为什么说一切?"

"我只是在为你着想。"城市说。

"我知道。"

"你必须明白,无论你洗不洗澡,都损害不了我。"

"我了解。"

"当一座城市表达关心的时候,"城市接着说,"当他感到自己有责任帮助他人的时候,他可不想被埋怨。"

"我没有埋怨你。"

"这次没有。今天早些时候你确实埋怨了。"

"嗯……那时候我很烦躁。"

"抽烟导致的。"

"别再提烟了!"

"我不会的。"城市说,"哪怕你抽成个炉子,又跟我有什么关系?"

"对极了。"卡莫迪点了一支香烟,赞同道。

"我真的很失败。"城市沮丧着说。

"不,不。"卡莫迪阻止他,"别说了,求你别说了。"

"忘记我说过的话吧。"城市说。

"好吧。"

"有时候我过于热心了。"

"确实。"

"明知道正确,却要忍住不说,实在太难了。我是正确的,你明白吧?"

"我明白。"卡莫迪说道,"你说得正确,你说得很对,你总是对的。对对对对对——"

"睡觉前不要过度兴奋。"城市提醒道,"想喝杯牛奶吗?"

"不想。"

"确定不喝吗?"

卡莫迪用手蒙住眼睛,他感到很不对劲儿。他的内心涌出强烈的负罪感,就像陷在毒潭泥淖中无法自拔。他觉得糟糕透顶。更糟糕的是,要想改变现状,他唯有靠自己费力调整适应,靠不了……

但他并没有做任何调整,而是站起来,挺起胸膛,大步穿过了罗马式的广场和威尼斯桥。

"你上哪儿去?"城市问他,"发生了什么?"

卡莫迪沉默不语,紧闭着嘴。他继续走,走过了儿童公园和美国运通大厦。

"我做错了什么?"全城都在呼喊,"为什么你要走?告诉我,我到底做错了什么?"

卡莫迪没有答话,只是健步走过罗尚博咖啡馆和葡萄牙犹太教堂。他最后来到了那片美丽的绿色草坪前,那是他进入城市的地方。

"忘恩负义!"城市在他身后尖叫,"你和其他人一样!你们都是难以取悦的动物,你们从来不会对任何事情感到真正满足。"

卡莫迪上了车,发动引擎。

"反之,"城市若有所思道,"你对任何事情也都不会感到真正不满。我认为这是一个教训:新城市必须更有耐心。"

卡莫迪的车开上了王桥路,向东朝着纽约开去。

"旅途愉快!"贝尔维瑟在他车后呼喊,"别担心,我随时恭候你回来。"

卡莫迪猛踩油门,他真希望自己漏听了最后那句话。

MESSAGE FROM THE DEAD
by
Molay

▽

死者留言

埋 名

埋名，埃及历史研究者，著有科普作品《莎草绘卷——古代埃及历史文化》系列。所创作的科幻小说风格奇诡，偏向悬疑和冒险，作品散见于《银河边缘》、蝌蚪五线谱网等平台。

本文为《银河边缘》中文版专发篇目。

大埃及博物馆新馆落成之日，英国皇家霍洛威学院[1]向埃及政府归还了一具被盗卖的祭司木乃伊，作为这次归还木乃伊活动的英方代表，学院主任、电气工程学教授戴维·霍华德这些天没少被文物局官员、媒体记者包围，这令他疲惫不堪。

这天，他终于暂时摆脱了频繁的应酬，独自坐在有两百年历史的哈拉费什咖啡馆外，顾不得保持自己的得体形象，将夏威夷花衬衫的扣子扯开了好几颗——对于戴维这样体型壮实魁梧的人来说，七月份的埃及首都开罗并不是什么理想的度假胜地。

"真是见鬼了！"戴维扯下牛仔帽，狠狠擦了擦汗，心说，"再这么热下去，我都可以和那些木乃伊并排展出了！"

就在戴维看着街道对面烟雾缭绕的阿拉伯水烟馆愣神的时候，一个裹着头巾的男人匆匆地从街角走出来站定，环视了一圈街道，这才朝他大步走来。

"霍洛威学院的戴维·霍华德主任？我是哈桑·艾尔·拉苏尔，大埃及博物馆的文物保护部门主管，之前跟您约好在这里见面。"来者是个肤色黝黑的埃及当地人，有着一双深棕色的大眼睛，他边说边朝戴维伸出宽厚的手掌。

"喔！"戴维发出一声惊叹，"久仰大名。"

---

1. 创立于1886年的著名私立大学，由当时的英国女王维多利亚赞助。

不怪戴维会如此惊讶,就连戴维这样只知道图坦卡蒙[1]和拉美西斯[2]这些著名埃及法老的人都听说过拉苏尔家族在埃及考古界的地位——说是臭名昭著也不过分,他们家族在十九世纪偷掘上百座埃及古墓,盗卖了数百具贵族木乃伊。直到最后,几位考古学家混入他们的团伙中卧底,才帮助警方将他们一网打尽。谁能想到一百多年后,这个家族的后裔竟然成了大埃及博物馆的主管……

"霍华德先生,感谢贵校向我国归还木乃伊,我谨代表大埃及博物馆向您致敬。"拉苏尔朝戴维微微颔首。

"代表英国归还木乃伊是我的荣幸,不过除此之外,我们学院还有个研究项目希望得到贵博物馆的帮助……"戴维显得有些拘谨。

"是的,我看到了您提出的申请,您想用CT对我们博物馆收藏的木乃伊进行研究。"拉苏尔在戴维桌子对面坐下,"虽然您保证这项研究不会对木乃伊造成任何损坏,但恕我冒昧,我还是想知道贵校究竟在研究什么。"

"你听听这个!"戴维从衣兜里掏出了自己的手机递给拉苏尔,同时示意界面上一条还没播放的音频。

拉苏尔点了一下屏幕上的播放按钮,手机里立刻传来一声

---

1. 古埃及十八王朝法老,因其豪华墓葬而闻名世界。
2. 拉美西斯二世,古埃及十九王朝法老,被冠以"大帝"之名。

类似人类叹气的短促呼声,然后这持续还不到一秒钟的声音就戛然而止了。

"这……是什么?"拉苏尔抬头看着戴维,目光充满了诧异。

"你听到了吗?"戴维期待地问道。

"抱歉,听到了什么?"拉苏尔反问。

"刚才音频里的叹气声。你知道那是什么吗?那是来自三千多年前的死者给我们的留言!

"一个月前,我们学院来了一位特殊的'客人',他名叫内斯亚蒙,是一具被亚麻布精心包裹的木乃伊。三千多年前,他曾经是拉美西斯手下的祭司……"戴维兴奋地向拉苏尔讲述起那段难忘的经历。

"确切地说是三千一百年前。"拉苏尔尽量平静地补充道,"埃及第二十王朝的拉美西斯十一世时期。"

"是的,后来他的木乃伊被盗卖到英国,辗转落入了我们学院一位校董手中,出于维护两国人民友谊的考虑,校董特别委托我们出面将这具木乃伊归还埃及。

"在归还之前,我们学院电气工程系的几个家伙提出了一个大胆的想法,他们想用CT扫描出木乃伊的喉部结构,再用3D打印技术重建出来;最后只要让气流通过木乃伊的喉部结构,就能让死去三千多年的木乃伊重新发声。就像你刚才听到的那样!"戴维兴奋地说道。

"利用CT和3D打印技术重建木乃伊喉部结构……嗯，这的确很有创意。这或许能在不破坏木乃伊的情况下更好地研究木乃伊的内部结构。"拉苏尔点了点头。

"所以，如果这项研究能有更多木乃伊作为样本的话……"戴维看着对面的拉苏尔，"我们可以得到更多木乃伊的喉部结构数据来重复发声试验，而你们也可以得到完整的木乃伊喉部模型来进行研究。"

拉苏尔站起身朝戴维伸出手，露出灿烂的笑容，"我会向文物局提出这项研究申请的，霍华德先生，我想这应该问题不大。"

拉苏尔和戴维站在大埃及博物馆的木乃伊陈列室里，看着博物馆工作人员小心翼翼地将几具法老的木乃伊安放进订制的树脂棺材，稍后将由专门的车队来护送他们前往开罗大学医院进行CT扫描。

戴维屏住呼吸，转头环顾着木乃伊陈列室，这是一间有着高窗的密闭展馆，昏黄的景观灯恰到好处地烘托出幽邃古旧的氛围。此时，在一排排的透明树脂密封棺中，那些曾经名动一时的古埃及统治者正安详地长眠。

"你知道吗？每次看到他们，我总觉得他们就像是睡着了一样，下一秒就会醒来。"拉苏尔见戴维左顾右盼，突然微笑着说道，"我有时候会想起祖父讲的故事。他说，我们的祖先每次进入埋藏着法老的墓穴时,总会听到黑暗的角落里传来若有若无的气流声,但是当他们把墓穴里的金银古董全都搬空,最后再将法老木乃伊从墓穴中移出后,这些墓穴就彻底安静下来,什么声音都听不到了。

"他告诉我,古埃及人认为人死后,灵魂的一部分依然会留在身体内,所以古埃及人会尽量保持死者的遗体不朽,让他们的灵魂依然能够永居体内——说不定那就是他们的呼吸声。"

戴维闻言哆嗦了一下,就像脖子后吹来一阵冷风,他的视线从伟大的拉美西斯二世、征服者图特摩斯三世[1]等法老木乃伊的脸上掠过,暗想:这种有趣的故事,还真适合在这种地方说。

"所以你们打算提供多少具木乃伊的CT数据供我们研究?"戴维一一瞻仰过历代法老的遗容,这才又看向拉苏尔。

"所有。"拉苏尔退到陈列室门口,缓缓张开双臂。

当天下午,十多辆黑色加长轿车一字排开,停在博物馆大门前,来自开罗大学医院的医生和埃及博物馆的工作人员一律穿着整齐的黑色西服、戴着白色手套,在肃穆庄重的音乐声中,按照国家元首礼,将装着十多具法老木乃伊的棺材缓缓安

---

[1]. 古埃及第十八王朝法老,曾远征两河流域,被称为"古代拿破仑"。

放在车厢内。

随着一声汽笛长鸣,被数十辆警用摩托车开道护行的车流在游客和工作人员的目送下,缓缓驶向几公里外的开罗大学医院。

拉苏尔开车载着戴维,不远不近地跟在车队后面。

当这十多具法老木乃伊被送到开罗大学医院,前来迎接的医院工作人员一路护送着法老们的木乃伊来到CT间,每一位法老的木乃伊都被送进专门的CT仪器里,当十多台机器同时启动时,操作间里的戴维和拉苏尔看到探头的红色光标在这些古老的木乃伊身上缓缓划过。

戴维并不清楚是否每一具木乃伊都能像内斯亚蒙一样完好地保存喉部,而这恰好是决定了他们的实验能否成功的关键。好在这种担忧并没有持续太久,很快屏幕上就同时出现了十多位法老木乃伊完好无损的喉部结构数字图像。

戴维开始在医院的会议室里操作他带来的便携3D打印机,随着喷头嘶嘶地全力运转,根据CT数字图像构建的立体模型便一个接一个出现在博物馆和医院的工作人员面前。

"真是天才的创意。"拉苏尔拿起一位法老木乃伊的喉部模型,放在眼前仔细端详起来,"有了这些,说不定我们还能还原出这些法老的音色。"

戴维将十多具法老木乃伊的喉部结构全部打印完毕,随着他一挥手,周围的工作人员瞬间都安静下来,十几双眼睛盯着戴维将呼吸机的喷头插进其中一个喉部结构的下端，随着空气喷出，一个不属于在场任何人的声音在操作室里响起："忒。"

在场的工作人员们都不禁啧啧称奇，毕竟这个声音的原主人此刻正安安静静地躺在他们面前的CT仪器里。

"好厉害！再来一个！"

戴维依次将十多位法老的喉部模型连在喷头上，通过气流让这些沉寂了三千多年的法老再次发出声音，每一次都换来在场工作人员的一片欢呼。

"你这试验不会有什么问题吧？"就在众人因为试验成功而激动不已的时候，戴维突然感觉手臂被人拽了一下，他转头看去，发现身后的拉苏尔紧皱着眉头，用只有他们两人能听见的声音问道，"你确定这些……是法老们的声音？"

"当然是他们的声音，有什么不对的吗？"戴维看着拉苏尔，发现他的手机屏幕上有一行类似乱码的字母"nj mw□n anx.n"，中间的方框应该是表示那里有一处空缺。

"好了，现在是时候把法老们的木乃伊安全护送回博物馆了。动起来吧，小伙子们！"拉苏尔并没有回答戴维，他收起手机，站起身拍了拍手，"记得把这些模型也带回去！"

戴维知道拉苏尔一定有什么话不愿意让别人听见。

一回到车里，拉苏尔就掏出手机，按下播放键，将刚才法老们的声音全都重放一遍，"我把你刚才试验里所有法老的喉音都录了下来。你听,这个'咳'是拉美西斯二世的木乃伊所发出的,然后这个'嗯'是霍伦海布[1]法老的木乃伊所发出……"

"这些有什么问题吗?"

"问题就在这里。你没学过古埃及语,对吧?"拉苏尔显得很紧张,"所以你才忽略了这些声音里的关键信息。"

"关键信息?这些喉音能有什么关键信息?"戴维一脸茫然。

"其他法老木乃伊的喉音都是再普通不过的喉音,可是问题在这儿!"拉苏尔说着,将手机屏幕上以法老的名字命名的声音文件重新排列了一下,"这是按照古埃及的王位继承顺序重新排列之后的文件列表,从图特摩斯三世到拉美西斯二世这九位法老的喉音里有古怪。"

说着,拉苏尔点了一下按照王位顺序排在最前面的图特摩斯三世的声音文件,这些声音文件立刻自动连播下去,发出一串含混不清的声音。

"这是?"戴维一头雾水地听完这句话。

"我不知道是不是巧合,但你刚才听到的这句话的确是一句古埃及语,用拉丁文注音写下来是这样——"拉苏尔将刚才戴维看到的那行"nj mw □ n anx.n"的字样又给他看了看。

---

[1]. 古埃及第十八王朝最后一位法老,结束了一神教的动乱。

"你在开玩笑吧？"戴维不禁打了个激灵，"你是说那些法老……用喉音给我们留下了某些……'留言'？他们说了什么？"

"不一定是给我们，他们是给任何有可能发现这种情况的人留的话。"拉苏尔纠正道，"这句话翻译成英语，大概就是'我们''生命''死亡'什么的。"

戴维看着拉苏尔，拉苏尔也看着他。两个人好一阵子都没说话。

"这根本就构不成一句话啊。"戴维显得有些惶恐——如果这些喉音拼出来的仅仅是单词，或许还能解释为巧合。

"现在我还不能完全确定他们在说什么，因为这句话中间缺失了一个词的尾音，导致这个屈折词缀的意思指向不明。"拉苏尔指着手机屏幕上阿蒙霍特普三世和斯门卡拉法老声音文件中的空缺部分说道："不过这一点……恰好能和历史互相对应，因为在这两位法老之间……是一个被绝罚、永远失去名字的法老。"

"无名的法老？"戴维听了这句话，顿时感到后背一阵发凉——上一个被世人熟知的无名法老，正是造成了近一个世纪恐慌的图坦卡蒙，那个著名的都市恐怖传说"法老的诅咒"几乎家喻户晓。

"当然我们现在早已知道他是谁，就是阿蒙霍特普三世之子、斯门卡拉与图坦卡蒙之父，著名的异教法老——阿赫那顿[1]。看来这句话中缺失的尾音,或许就和他有关。"拉苏尔说。

"我知道他,他的王后就是那个著名的美女——纳芙提提[2]!我在柏林旅游的时候见过她的胸像。"戴维听了这个名字恍然大悟,"你说他可能藏着这句'死者留言'的关键信息,那他的木乃伊在哪儿?只要找到他的木乃伊,我们不就可以确定这究竟是不是巧合了?"

"没人知道他在哪儿。"拉苏尔苦笑着摇了摇头,"因为被处以绝罚,古埃及文献中所有关于他的记载都被消除,没人知道他死后究竟被埋在哪里。"

"啊……这……"戴维顿时泄了气,懊恼地说道,"那岂不是说我们永远都不可能知道他们在说什么了?"

"你真的想知道他们在说什么吗?"拉苏尔沉思了片刻,突然抬起头盯着戴维认真地问道。

"当然,谁会知道了这些之后还愿意错过后续?"戴维握紧拳头,"该死的,你勾起了我的好奇心!"

拉苏尔盯着戴维,缓缓开口说道:"关于阿赫那顿埋在哪里有过很多争论,但是毫无头绪。不过,我一直有个猜想,那是一个之前被所有人都忽视的地方——阿赫那顿有可能就在那

---

1. 古埃及第十八王朝法老,他因发动一神教改革而被视为异端。
2. 阿赫那顿的王后,古埃及著名美女。

里。或许，你愿意拨冗和我一起旅游几天？"

满载游客的游轮穿过尼罗河河面，缓缓停靠在卢克索[1]西岸的港口码头上，来自各国的游客纷纷下船，准备动身前往国王谷[2]参观。

卢克索距离开罗五百公里，是埃及南部最大的城市，与古埃及的"百门之都"底比斯城遗址隔河相望，那个安葬了数十位法老、又因为图坦卡蒙墓的出土而闻名全球的国王谷就在此处。

码头上，操着各种蹩脚语言的埃及小贩们也趁机拿出各种哈里里市场[3]的货来向游客们兜售，一时间人声喧哗，热闹非凡。戴维背着一个装有3D打印机的大包，拉苏尔则提着一只装有从医院借来的便携CT仪器的箱子，跟着游客下了船。

两人径直穿过兜售的小贩往前走，途中，拉苏尔向熟悉的商贩买了些登山装备和两支手提冷光灯，幸亏有拉苏尔在，这些商贩很知趣地没有把戴维当冤大头痛宰。

拉苏尔带着戴维走到路边，看到好几辆载客的面包车就停在路边，等待乘客的司机们显然都认识拉苏尔，他们热情地同他打招呼。

---

1. 埃及南部最大的城市，古埃及首都底比斯遗址所在地。
2. 古埃及新王朝皇家陵墓区，安葬着数十位法老。
3. 埃及类似潘家园的市场。

拉苏尔走过去用阿拉伯语和其中一个司机说了几句,那个司机点点头,打开车门,拉苏尔招手示意戴维也坐上来。

"他是你的朋友吗?"汽车缓缓启动,戴维转头看着拉苏尔好奇地问道。

"是啊,我在很多地方都有朋友。"拉苏尔笑了笑,"这些出租车司机、景区导游、餐馆服务生都是我的朋友,他们也是我用来监视那些盗卖文物者的眼线。"

"真厉害。"戴维有些崇拜地看着这位盗墓世家的后裔,"你简直就像是埃及文物的守护神。"

"我知道你一定很好奇一个盗墓贼的后代为什么会选择守护文物。不只是你,很多人都没注意过那段考古学家卧底盗墓贼团伙故事的结尾。"拉苏尔忽然笑了起来,"事实上,我的祖先阿布德向警方自首之后,就决定洗心革面,因此被官方任命为国王谷的守陵卫队队长。包括后来考古学家霍华德·卡特[1]发掘图坦卡蒙墓,也得到了他的后代们的协助。

"我们不是像,"拉苏尔看了一眼窗外的夕阳,"我们就是埃及文物的守护神。"

戴维和拉苏尔驱车来到国王谷的时候已是傍晚,夕阳映照在对面陡峭的赭红色崖壁上,一想到这就是三千年来那些沉眠于此的法老每天都会看到的景象,戴维不免有些激动,仿佛血

---

1. 霍华德·卡特(1874—1939),英国考古学家,因为发现图坦卡蒙墓而闻名。

液里某些古老的东西时隔千年被再度唤醒一样。

此时已经快到封闭山谷的时间了,游客们开始动身离开,拉苏尔那张大埃及博物馆工作证起到了很大的作用,巡逻的看守人员破例允许他们在封闭山谷后留在谷内。

"喂,拉苏尔,我可不想因为你们家族的事情上新闻!"管理处的负责人显然知道拉苏尔的身世,他打量着正从汽车后备厢里拿出行囊的拉苏尔和旁边的戴维,半开玩笑地说,"我会盯着你们俩的!"

拉苏尔笑眯眯地对负责人说:"放心吧!就算上新闻,一定也是大新闻。"说完,带着戴维扬长而去。

两人穿过国王谷内破败倾圮的葬祭殿,在众神和法老雕像的注视下,直奔那座赭红色的峭壁而去。"其实我们要找的地方并不在国王谷。"拉苏尔提着从后备厢里拿出来的行囊,回头招呼戴维跟上。

等到两人气喘吁吁地站在一座恰好能够俯瞰整座国王谷全景的峭壁上时,夜已经深了,一轮明月就斜挂在峭壁上方。

拉苏尔和戴维站在峭壁边缘,拉苏尔冒险探出头,月光从两人头顶直射下来,穿过林立的尖锐石林,将他的影子投射在峭壁中间的一处陡坡上。

"跟我来!"拉苏尔盯着自己的影子,确定好方位之后,迅速从背包里拿出两根登山绳,在旁边的巨石上固定好,又将绳子在自己和戴维身上绑好,这才从行囊里掏出一把地质锤和短钢钎,沿着峭壁边缘向下缓缓挪动。

从来没有参加过极限运动的戴维生怕自己从悬崖上失足跌落,在尖锐的石林上摔得粉身碎骨,但拉苏尔显然是个不错的单人绳降高手,他身手矫健地迅速落在刚才自己影子投射的陡坡上,又帮助戴维稳稳降落下来。

"这是什么?"戴维直到脚踩在地面上,这才松了一口气。但是紧接着他就惊讶地发现,自己脚边不远处,是一个深不见底的垂直山洞,拉苏尔正半蹲在山洞边上探头往里看。

"这就是我的祖先发现那些法老木乃伊的地方,我们叫它'藏匿点[1]'。一百多年前,我的祖先阿布德在寻找坠崖的绵羊时意外发现了这里。"拉苏尔指着上面的峭壁解释道。

"阿布德带着几个族人就是从这个山洞下去,在里面发现了藏匿于此的十多位法老的木乃伊。"拉苏尔顿了顿,"那些喉音异常的法老木乃伊都是从这里发掘出来的。我想……阿赫那顿应该也不例外。"

"那些法老不应该埋在自己的墓里吗?为什么会被藏在这个简陋的山洞里?"戴维不解地回头看着身后的国王谷,疑惑地问道。

"因为来自海上的腓力斯丁人[2]入侵,曾经的埃及帝国分崩

---

1. 古埃及二十王朝末期,祭司为了藏匿法老木乃伊而启用的一处废弃贵族陵墓,后被考古学家布鲁格施(1842—1930)发现。
2. 海上民族,曾经洗劫并导致西亚、北非多个古文明的灭亡。

离析，为了保护历代法老的木乃伊不被侵略者破坏，祭司们连夜将他们集中藏匿于此，直到被我的祖先们发现。"拉苏尔边说，边沿着山洞石壁上的简陋阶梯往里走。

"把没用的东西留在外面，我们带着机器进去就够了。"拉苏尔说着，从行囊里拿出两支冷光灯，递给戴维一支。这山洞虽然看起来深，但是沿着石阶才走了十几米，就到了石洞平整的底部，拉苏尔打开冷光灯，带着戴维穿过黑暗向前走去。

周围实在太黑了，冷光灯的光线也不足以照亮周围的一切，戴维感觉自己就像是在无底深渊上走钢丝一样，他紧张地屏住呼吸，小心翼翼地跟在拉苏尔身后一步一步往前挪。

"嘘，你听到了吗？"拉苏尔语音刚落，他就听到不远处忽然传来一声若有似无的微弱动静，像是风声，又像是有什么人在叹气——经过山洞的回声放大，这声音对于山洞里仅有的两个活人来说实在太过惊悚，一想到这里曾经埋藏过众多法老的木乃伊，戴维就止不住全身直抖。

"看来祖父说的是真的。他说的恐怕就是这种声音。"此时拉苏尔的脸色也有些发白，但还算镇定。

说着，拉苏尔已经带着戴维来到山洞的尽头，这里的地上还隐约可见许多拖动棺木的痕迹，看来是考古学家们端掉盗墓家族团伙之后，将棺木运往大埃及博物馆时留下的，此时山洞尽头的岩壁上只剩下一片连续五六米的斑驳壁画，还能看出有人类活动过的痕迹。

拉苏尔举着冷光灯站在岩壁旁边，仔细地观看着这幅连续的壁画，画面从左侧开始，先是一艘模糊到看不清细节的风帆船翘首向天，似乎是在朝上方飞去，船上站着一些水手打扮的古埃及人。中间是一艘已经飞在较高处的帆船，船帆前方画着一只飞翔的雄鹰，而一些体型较小的人形正从船上跌落，下方有一些张开血盆大口的怪兽正要去吞噬他们。稍靠右是一艘正被某种黑色的长条物体缠绕的帆船上站着几个高大的人形，这些人的造型各不相同，有的长着动物的脑袋，有的则是戴着王冠的人类造型，画面到这里戛然而止。

戴维拿出手机，把每一幅壁画都拍了下来，他正要和旁边的拉苏尔说话，却突然看见拉苏尔拎起地质锤，照着中间那幅壁画上怪兽吞噬人类的位置砰的一声猛砸下去。

咚的一锤子下去，整个岩面都扑簌簌地往下迸裂，这沉闷的响声把高度紧张的戴维吓了一跳，"你在干什么?！这可是文物！"

"如果我没猜错，"拉苏尔冷静地继续一锤一锤猛砸在岩壁上，那些被猛烈砸击的壁画上的怪兽开始大片崩碎，再也看不出原本的模样，随着拉苏尔的锤击，很快就看见一大块伪装成岩壁的墙体被砸得凹陷进去，"阿赫那顿就在里面。"

说着，拉苏尔又是几锤子砸下去，果然将整个壁画墙砸出一个大洞，透过冷光灯的光线，戴维和拉苏尔惊奇地看着一口半开的人形棺材就斜着放在墙后的狭小空间里，"看来我们已经找到他了。"

"你怎么会知道这里面还有空间?"戴维不可思议地问道。

"用墙体夹角制造秘密空间,在古埃及是很常见的建筑把戏。哈特谢普苏特女王[1]的情夫森穆特[2],就曾经在设计女王的葬祭殿时,将自己示爱的壁画藏在密室里,躲过了后来图特摩斯三世的报复性毁坏。"拉苏尔捡起地上的一块怪兽碎片,"而且,古埃及葬丧文化里是不允许出现完整无缺的凶猛野兽形象的,他们担心坟墓中出现这些野兽的形象会伤害墓主的木乃伊,所以他们建造这堵墙,就是要我们砸掉它。"

拉苏尔从墙洞里钻进去,戴维也慌忙跟了进去,拉苏尔伸手轻轻拂去棺材上的灰尘,有些感慨地叹息道:"你在这里啊,阿赫那顿。"两人看这具人形棺材的面部,正是戴维查资料时曾经看到过的被称为"阿玛尔纳风格"[3]的阿赫那顿的夸张长脸形象。

拉苏尔招呼戴维将便携的CT仪器组装起来,自己则上前用钢钎将半开的人形棺材盖撬开一条更大的缝隙。

等到戴维将CT仪器组装好的时候,拉苏尔已经将第一层石棺撬开,将里面的包金木制内棺拖了出来,内棺上用金箔绘

---

1. 古埃及十八王朝女性法老,图特摩斯三世的继母。
2. 古埃及著名建筑师,哈特谢普苏特女王情夫,曾主持营建女王葬祭殿。
3. 古埃及宗教改革时期艺术风格,以夸张的人体比例为特征。

制出精美的太阳之手[1]的形象,这正是阿赫那顿所崇拜的日晕之神阿顿的常见形态,在太阳伸出的无数双手的保护下,这个异端法老正安眠其中。

内棺的开口通常在棺材底部,拉苏尔和戴维一起将棺木横着放倒,果然看见底部的方形开口,两人用钢钎将最内层的棺底往外撬出一些,这才一起上手,将装有阿赫那顿法老木乃伊的人形内棺拖了出来——在冷光灯的光线下,戴着黄金面具的阿赫那顿法老时隔三千多年,再一次现身人间。

戴维目瞪口呆地看着眼前的情形,黄金面具、千年木乃伊、失踪的法老,这一切就如同做梦一般,直到拉苏尔推了推他的肩膀,示意他开始实验。

拉苏尔和戴维一起动手,小心翼翼地将盖在阿赫那顿脸上的黄金面具揭下,阿赫那顿那副已经木乃伊化的细长面容终于展现在两人面前。尽管后世关于他的传说多半充满背叛和诡谲的情节,但是他的木乃伊脸上神情十分安详,也许对于他来说,能够在自己信仰的神的怀抱里沉眠,已经是他在世俗世界获得的最大慰藉。

打扰了,戴维在心中默默对阿赫那顿致歉,这才将CT的探头对准阿赫那顿修长的脖颈,开始扫描。

"他喉部结构的数字模型已经出来了。"戴维看着拉苏尔,

---

1. 古埃及太阳神阿顿的形象,为一圈环绕太阳的手臂,是太阳光线的具象化。

"我来把它打印出来。"

拉苏尔将黄金面具放回阿赫那顿的脸上,点头道:"好,等你结束后,我会联系博物馆工作人员前来收容阿赫那顿的木乃伊。"

戴维拿出3D打印设备,阿赫那顿的喉部结构模型很快就出现在两人手里,拉苏尔拿着压缩气罐连在模型下端,这个异端法老已经在地球上消失了三千多年的声音转瞬就在两人耳边响起,是一个非常柔和的爆破音——

"忒。"

"我们总算是……"听到这个被认为已经失传的声音再度响起,戴维刚要说话,就看见一向沉稳的拉苏尔仿佛见鬼一样瞪大双眼,戴维想不到拉苏尔竟会被一具法老木乃伊的喉音吓成这样。

"喂,你怎么了?到底怎么回事?"

拉苏尔惊恐到话都说不出来,他颤抖着拿出手机,将屏幕上的缺位符删掉,换上了刚才阿赫那顿发出的喉音"t",这下,一句完整的埃及圣书体的拉丁文注音就出现在了屏幕上——

"nj mwt.n anx.n"

"这是什么意思?"戴维迫不及待地问道,紧接着他看到屏幕上的拉丁文注音自动转换成了对应的埃及圣书文。

"他们在说,他们在说……"拉苏尔哆嗦着从嘴唇里挤出法老们一起说出的那句话来——**"我们没死,我们活着。"**

戴维脸色瞬间变得惨白,"这些法老木乃伊说他们没有死?你在开玩笑——"

戴维和拉苏尔不约而同地转头看向棺材里那具一动不动的木乃伊,身处幽暗的洞穴深处,盖在木乃伊脸上的黄金面具被冷光灯在洞壁上照映出斜长的阴影,显得无比诡异阴森。

一想到旁边是一具可能还活着的木乃伊,而就在刚才自己还曾近距离地接触过它,戴维就感觉腿肚子一阵抽筋。

"如果需要连续三百多年、多达十位法老用枯萎的喉咙才能留下的信息,不可能只是用来开这么一个玩笑的。"拉苏尔开口,打破了这片死寂。

他深吸了几口气,让自己冷静下来,"我们要考虑到最不可能的可能……那就是他们真的还活着。"

"怎么可能?那些木乃伊无论怎么看也不可能还活——"戴维所受过的教育让他难以接受这种颠覆世界观的认知,可是这句话语确实是被他亲手还原出来的,他现在又疲惫又恐惧,"见鬼了,我们究竟在和什么东西打交道啊?!"

"冷静,戴维。古埃及人一向是玩文字游戏的高手,不要仅仅从字面意义上去理解他们的话。不管它究竟是什么意思,我们都必须亲自确认。"拉苏尔看着戴维的眼睛说道。

拉苏尔的话让戴维稍稍平静了些,他点了点头,"我们要怎么做?"

"我们先来确认它是否真的还有生命反应。"拉苏尔蹲下身，再次揭下阿赫那顿的面具。

这一次两人怀着紧张的心情，近距离打量着这具"活"木乃伊的面部——阿赫那顿木乃伊化的面容被枯黄的亚麻布遮盖，只留下微张的嘴巴和塌陷的鼻子露在外面。

戴维犹豫了一下，开口问道："他为什么张着嘴？难道木乃伊也要呼吸吗？"

"考虑到他们的宗教习惯，说他仍然在'呼吸'也没错。这是启口仪式痕迹，古埃及人在制作木乃伊时，会用一种特殊造型的金属小刀撬开木乃伊的嘴巴，目的是让死者得以在冥界呼吸。"拉苏尔说道。

说着，拉苏尔径直将手指按在了阿赫那顿木乃伊的颈动脉窦上，虽然知道拉苏尔在观察木乃伊是否还有脉搏，但这个举动还是让戴维觉得格外别扭。

"按压颈动脉窦没有生理反应。"拉苏尔沉默了片刻，"没有呼吸，就没有血氧作用，这显然不是生命体的状态。"

戴维指着阿赫那顿的脸，小心翼翼地问道："要检查瞳孔对光反射吗？只要是活着的……东西，一定都会有反应的。"

"我可不想对着两颗黑曜石珠子检查瞳孔反应。古埃及人认为生命源于心脏，我们就来检查一下它的心脏吧。"拉苏尔指着阿赫那顿的胸腔部位说道。

"心脏？这东西不都在制作木乃伊时掏出来了吗？就装在那些罐子里。"戴维指着人形内棺底部放着的四个罐子说，"我看电影里都这么演的。而且我记得咱们送去医院扫描的那些法老木乃伊里都没有心脏呀!"

拉苏尔摇了摇头说:"不,那四个卡诺皮克罐[1]里面装的分别是死者的胃、肠、肺和肝,并不包括心脏。那几具法老木乃伊才是特殊情况。在古埃及的葬丧文化里,死者的心脏经过防腐处理后,必须要用亚麻布裹好重新放回死者体内才行。这样死者才能在冥界通过由众神监督的末日审判——量心仪式,善良者乘坐太阳船与神同存,邪恶者被怪物吞噬永远消失。

"所以说只要他的木乃伊是正常处理的,就一定会有用亚麻布包裹的心脏放在胸腔里。难道是他的心脏有什么异常,才能让他被视为'活着'?"拉苏尔神情有些凝重。

"要用CT扫描吗?"戴维走到旁边检查了一下CT设备,但他很快就发现蓄电池的电量已经耗光,"看来我们只能先离开这里了。"

"不,如果阿赫那顿的木乃伊被文物局带走,我们可能就没机会解开'死者留言'里的秘密了。我来给他解剖!"拉苏尔反对道。

"你疯了!这可是三千多年前的法老木乃伊!"

"我只是重新打开他摘除内脏时留下的开口,并不会破坏

---

[1]. 古埃及葬丧仪式中用来盛放死者内脏的罐子,多用王权之神荷鲁斯四个儿子的形象做装饰。

木乃伊。"说着，拉苏尔从衣兜里掏出一柄锋利的小刀，用刀尖一点点划开缠在木乃伊身上的亚麻布卷。

戴维紧张地看着拉苏尔将枯黄的亚麻布划开，露出阿赫那顿木乃伊化的身体，果然如拉苏尔所说，在阿赫那顿木乃伊的腹腔左侧有一处不显眼的缝合伤口，应该就是制作木乃伊摘除内脏的时候留下的。

拉苏尔双手十分沉稳，用刀尖在不触碰木乃伊的情况下灵巧地将十多根亚麻线一一挑断，随着缝合线断开，透过张开的切口，可以看见阿赫那顿的腹腔里正发出微弱的红光。

"那是什么？"戴维没想到木乃伊的体内竟然会有发光物，诧异地问道。

拉苏尔将手伸进木乃伊的肚子里，沿着干枯的腹腔摸索起来，窸窸窣窣的声音就好像是老鼠在啃咬内脏，戴维的胃忍不住抽搐了一下。

"天啊！"拉苏尔的脸色突然变得很难看，接着他从木乃伊的肚子里抽出手，将一团亚麻卷放在了戴维眼前，戴维也瞬间瞪大了眼睛——只见在拉苏尔那只沾着不少生理组织残渣的手掌上，那团亚麻卷泛着微弱的红光，正缓缓跳动着。

拉苏尔双手捧着亚麻卷激动地说道："看到了吗？他的心脏还在跳动！他们所谓没有死一定是指这个！"

"这不可能！心脏怎么可能在脱离身体后还能跳动几千年？"戴维一脸的难以置信。

"我来打开——"拉苏尔说着,用颤抖的双手拆开那团亚麻卷,一颗鲜活的、发出如同火球般炽红光芒的跳动心脏出现在两人的眼前,两人的脸庞都被这炫目的红光映照得通红。

"不好,快把它裹起来!"眼看着心脏暴露在空气中,散发出的光芒越来越刺眼,戴维心里咯噔一下,"这肯定是强放射性物质!"

戴维的话音未落,就感觉鼻子好像被人迎面重重打了一拳,一道滚烫的热流沿着鼻腔直冲脑海,同样暴露在光芒里的双眼更是又酸又涩,泪水止不住地夺眶而出。与此同时,他感觉自己的皮肤像是被烧红的烙铁,正发出嘶嘶的焦煳声。

拉苏尔急忙用亚麻布将心脏重新裹起来,那团心脏又在他手心里猛跳了几下,这才恢复了原本的状态,等到炫目的红光散去,两人耳朵里的鸣啸声仍余音不绝。

戴维鼻腔一热,鲜血一下就从鼻孔里冒了出来,他不得不用力捏住鼻子惊慌失措地说道:"是放射病!我们被辐射了!"

拉苏尔跟跟跄跄走过去,将手里的心脏扔进原本装CT仪器的带铅层的箱子里,这才反手将箱盖紧紧扣上,简单地说了句:"走!"

两人顾不上别的东西,只带着那个箱子从山洞里狼狈地逃了出去。

"你怎么样?"戴维神情倦怠地背靠在座椅上,他的牙龈已经开始渗血，对于刚刚被强辐射冲击过的他来说，这实在不容乐观。

拉苏尔转过头，戴维发现他棕色的瞳孔周围已经密布着蛛网状的红色血丝，拉苏尔还没说话，又咳嗽了几声，嘴角渗出一道血丝。

两人正坐在一辆满载当地人的公交车上，戴维心神不定地看着旁边拉苏尔脚边的箱子——那里面是从阿赫那顿法老的木乃伊体内取出的跳动心脏。"这鬼东西究竟是什么？"

"我从来都没有见过那种东西。"拉苏尔叹了一口气，"自从法国埃及学家埃米尔·布鲁格施贝伊和我的祖先阿布德一起发现了藏匿点、将这些法老木乃伊送往大埃及博物馆收藏以来，这些木乃伊已经不知道经历过多少次CT、X光检查，除了没有找到心脏之外，还从没发现过任何异常……"

"布鲁格施贝伊，这家伙还是个贵族？"戴维惊奇地问道，贝伊是奥斯曼帝国特有的贵族称号。

"是的，他就是靠着发掘出了四十多具贵族木乃伊，还帮助奥斯曼帝国的埃及总督将盗墓的拉苏尔家族一网打尽，从而获封贝伊头衔。"拉苏尔耸了耸肩，"他因此还得到了在埃及全国各地随意考古发掘的权力。"

"那你觉得……会不会是在发掘过程中，有什么人……"戴维突然皱起眉头，忧心忡忡地看着拉苏尔说道。

"嘶——"就在这时，破旧的公交车缓缓停靠在街边，拉苏尔吃力地提着箱子，领着戴维走下车。

拉苏尔指着不远处一栋破旧的阿拉伯式民宅说道："我也在怀疑当年发掘过程中有人发现并取走了那些……东西。所以我才决定到这里来一探究竟。"

"这里是？"戴维看着这间少说也有两三百年的古老住宅，脸上露出疑惑的表情——这栋两层的阿拉伯式住宅看起来实在是破败得厉害，墙体因为风沙的侵蚀而坑坑洼洼，就连门窗都脱落了一大半。

"这是拉苏尔家族的旧宅。"拉苏尔走到门前，和戴维一起用力把几乎锈死的门推开一条缝走了进去，"我那位发现藏匿点的祖先阿布德留下的记录就在这里。"

戴维走进拉苏尔家族旧宅，只见昔日豪华的宅邸已经完全破败，木制地板腐朽不堪，墙壁上遍布蜘蛛网，挂在天花板上的吊灯也摇摇欲坠，显然已经很多年没人来过这儿了。

"这里。"拉苏尔穿过大厅，踏上通往二楼的楼梯，"自从阿布德向警方自首后，我们家族就搬离了卢克索，这所旧宅就一直荒废到现在。"

"你们不怕那么重要的记录被人偷走？"戴维跟在拉苏尔身后上了二楼，只见二楼除了几面挂在墙上的镜子之外，什么装饰和家具都没有，只剩下四面凹凸不平的斑驳砖墙和七八扇洞开的窗户。

"偷走？"拉苏尔愣了一下，随即笑了笑——他顺手从楼梯口的墙上摘下一面满是黑斑的镜子，擦掉镜子边框上的蜘蛛网，将镜面倾斜至一定角度放在窗边斜照进来的阳光下。

阳光穿过窗户，被镜子反射在窗户上方斑驳的砖墙上，随之出现的景象令戴维张大了嘴巴。

只见阳光经过镜面折射，被斑驳不平的窗户上沿砖块遮挡之后，一行由太阳光组成的金色阿拉伯文字竟然浮现在天花板和墙壁的边缘阴影里，随着拉苏尔缓缓调整镜面反射阳光的角度，那行阿拉伯文字也随之浮现出新的文字来。

"天啊，这简直是魔法！"戴维惊奇地凑近窗台上沿的砖块去看时，才发现窗户上方墙体的砖块并非一整个平面，而是略有起伏，而这些起伏的砖块侧边也被刻出许多有横有竖、看起来杂乱无章的细微刻痕——只有当从窗口照射进来的阳光被镜面折射，在上下好几块砖块的互相遮挡和这些精心设计的刻痕的共同作用下，一行行太阳光组成的阿拉伯文字才会显现出来。

"只是一个光线魔术罢了，古代人类就会的小把戏，所有事关家族的大事都会用这样的方式记录下来传给后代。"拉苏尔半跪在地上，将一张纸平摊在膝盖上抄写起天花板上浮现的阿拉伯文，"想要偷走这些记录，除非连这栋房子一起偷走才行。"

戴维并不认识阿拉伯文字，他跟着拉苏尔看了一会儿，就被晃得头晕眼花，不得不找了一个干净点的地方坐下，掏出手机对拉苏尔说:"我联系一下霍洛威学院的同事,让他们帮忙检索这个叫布鲁格施的考古学家的资料。"

"您好,这里是皇家霍洛威学院信息中心,请问有什么可以帮您?"电话里传来一个慵懒的男声,戴维知道这是他的同事珀西的声音。

"珀西,是我,戴维!"戴维咳嗽着说。

"你怎么了?该不会生病了吧?"电话对面的珀西疑惑地问道。

"咳咳,我没事……麻烦你帮我查一下这个叫埃米尔·布鲁格施贝伊的法国考古学家的资料。"戴维强调道,"所有资料,包括他的家庭关系、认识的人、从业经历,我全都要。"

"你怎么突然要这个法国人的资料?"电话里传来快速敲击键盘的声音,过了一会儿珀西懒洋洋地说,"好,等一会儿我用邮件把检索出来的关键信息都发给你,国际话费太贵,我挂了,拜……"

戴维挂了电话,旁边的拉苏尔还在抄录祖先留下的记录,两人都知道眼下正是生死攸关之际,为了节省体力,谁也没再说话,整栋房子里只剩下两人轻微的咳嗽声。

过了一个多小时,拉苏尔才把每一扇窗户上方的文字整理完,全都用英文誊写在一张纸上递给戴维,他后面的字迹很潦草,还带着几点血迹。接过纸的时候,戴维注意到拉苏尔拿过心脏的手心已经裂出一道道血口。

九月的一天凌晨,我(即记录者阿布德)在国王谷边缘的峭壁上发现了一处黑黢黢的山洞,里面传出微弱的风声,下面似乎有巨大的空间,我们准备一探究竟……

我们携带足够的火把进入山洞,山洞非常宽敞,有人工开凿的痕迹,前方走廊里开始出现凌乱堆放的石棺,这些石棺装饰奢华,不像是普通的贵族葬具……

石棺越来越多,大约有四十多具,我们被数量众多的石棺包围,巴希尔兄弟打开了其中几具,棺材里面的金银器具流了一地,看来我们找到的不是某位法老的墓葬,而是一群法老的墓葬……

糟糕!那些金银器经过巴希尔兄弟的手流入文物市场,引起了几个从欧洲来的考古学家的注意,他们将这件事报告给了埃及总督,基奈省省长达乌德·帕沙奉命对我们家族展开调查,巴希尔兄弟被带走了……恰在这时,一位年轻的欧洲买家出现了,他举止优雅、谈吐不凡,看样子是一位法国的贵族公子,他愿意出高价买下所有文物……

骗子！那个自称埃米尔·布鲁格施的年轻人竟然也是考古学家，他带着警察出现在交易现场，将我们团团包围，我们不得不投降。作为交换我们家族免罪的条件，我将带他们去我们发现的那座隐蔽墓葬……

七月五日，我带着布鲁格施到了那个山洞，他能够无障碍地阅读石棺上的铭文，并从一具被我们打开的石棺里发现了一卷写满古埃及文字的纸莎草，他读过之后，似乎被上面的东西惊呆了，坐在地上好久没有动弹……

他突然要求警察将我们抓走，并要求单独留在山洞里检查……

十个月后，我因为重病咯血而蒙埃及总督特赦。休息了两个月后，我被任命为守陵卫队长，我重回那处山洞时，发现里面的东西早已经被搬运一空。那个名叫布鲁格施的年轻人一定偷藏了某些东西。也许是法老的诅咒，我自觉时日无多，决定让我的家族动身前往开罗，伺机拿回属于我们的东西……

"记录就到这里为止了,显然阿布德也出现了辐射病症状。"拉苏尔说。

"你的祖先也认为那个名叫布鲁格施的考古学家拿走了一些东西。"戴维抬起头看着拉苏尔,"你说他拿走的……会不会是那些法老的心脏?"

"布鲁格施读过法老棺材里的文献,知道的一定比我们多。我们能发现木乃伊心脏的秘密,他一定也发现了。"拉苏尔点点头,"若不是壁画墙后面还藏着一个异端法老,连这一个他恐怕也不会给我们剩下。"

"我的同事也查到了布鲁格施的信息。"戴维晃了晃手机,上面显示出珀西给他传来的邮件,邮件里用图表清晰地展现了布鲁格施的人际关系和从业经历,"说不定我们能从中推测出那些心脏的下落。"

"资料里提到布鲁格施退休前,将自己在埃及多年考古的资料交给了一位来自英国的年轻人后就下落不明……"戴维看到邮件里提到的人名,顿时面露古怪,"哦,这个年轻人在我们英国可太著名了……他就是神秘学组织'泰勒玛'的首领——阿莱斯特·克劳利。"

"啧,神秘学的人怎么无孔不入……也对,这种会发光的古代玩意儿他们肯定中意。"拉苏尔一听也觉得头疼。

"这里面还提到一句,说克劳利在拿到这些资料之后,短短几天内就写出了他的神秘学代表作《法之书》。说起来你可能不信，他的学徒杰克·帕森斯[1]，就是一边读着这本书，一边研究出了人类至今还在使用的复合火箭燃料……"戴维看着邮件无奈地苦笑了起来。

"等等！"拉苏尔打断了戴维的话，"你说克劳利的弟子制造出了能把火箭送入宇宙的复合火箭燃料？"

"是啊，当时跟他一起研究火箭的'自杀小队'的成员可都是来自世界各地的科学精英。他们只能眼睁睁地看着帕森斯一边施展黑魔法，一边制造出他们无论如何也做不出来的复合火箭燃料。多讽刺，我们这些电气工程师研究了一百多年，最后人类获得脱离地心引力、飞向宇宙空间的巨大能量，还是靠着神秘学才得到的——"身为电气工程学教授的戴维说起这件事颇多感慨。

戴维突然也反应了过来，"等等，巨大的能量？！难道说——"

"是啊，看来我们或许已经猜到布鲁格施要带走那些心脏的原因了。"拉苏尔站起身俯瞰着戴维，"那也许是人人都渴望得到的能持续数千年而不枯竭的巨大能量源！"

"看来我们得先从克劳利这里入手？说不定——"戴维说着，突然感觉眼前一阵天旋地转，扑通一声栽倒在地。

---

1. 美国火箭科学家，NASA喷气推进实验室联合创始人之一。

旁边的拉苏尔没想到戴维的症状发作得这么快，连忙拿出手机拨打急救电话。等戴维再次苏醒过来，发现自己正躺在担架上，被一名护工推向拉着警笛的救护车，另一名护工则搀扶着脸色苍白的拉苏尔一起上了车。

"我们先去医院。"拉苏尔见戴维醒来，稍微松了一口气，"看来你的情况很不乐观啊！"

卢克索国际医院的观察室里，拉苏尔和戴维躺在雪白的病床上，身上插满了各种探头和采血针，医生和护士们正围着两人团团转，他们说着戴维听不懂的阿拉伯语，还要经过拉苏尔在一旁翻译，这让他头疼不已。

戴维觉得这实在太讽刺了，还不到一天时间，自己就从对法老们的木乃伊进行扫描的实验者，变成了医生们手中的实验品——尤其是不得不服下缓解辐射伤害的药，而药的副作用令他痛苦万分。

也许是药物的作用，也许实在是太累了，不一会儿，戴维绷紧的神经就彻底放松下来，昏昏沉沉睡了过去。不知过了多久，戴维才清醒过来，他双手撑着床垫坐起身来。

"你怎么样？"旁边病床上的拉苏尔被他惊动，转头看向他。

"还行。"戴维捂着太阳穴呻吟道，也许是药物开始起作用，原本困扰他的辐射症状有所缓解，但还是头疼欲裂。

"你还记得我们在山洞里看到的那几幅岩画吗?"拉苏尔问。

"你说那几艘往天上飞的船?还有怪物什么的。"戴维拿出手机,翻开那些壁画的照片。

"对,我一开始以为那不过是古埃及壁画里常见的题材——死者登上太阳船[1],与众神一起迎战试图吞噬太阳的巨蛇阿佩普[2],并最终获得永生。可是听你说现代人根据那东西制造出了火箭燃料,我突然觉得事情可能没有那么简单……"拉苏尔说道。

"等等,你不会认为古埃及人真的让帆船飞起来了吧?"戴维以为拉苏尔被辐射搞得神经错乱了。

拉苏尔拍了拍放在自己身边的箱子说:"如果能够将这玩意儿转化为可利用的能源,我想也不算什么难题。"拉苏尔指了指戴维的手机,"对了,刚才你睡着的时候,你的手机响了好几次。"

"应该是同事给我找的克劳利的相关资料……"戴维拿起手机翻看起来,"嗯,这是什么东西?"

拉苏尔一脸好奇地望着同伴。

"他居然给我发来了……一段诗。"

---

1. 古埃及葬丧文化中用来供死者与太阳神一同穿越冥界升上天空的船只。
2. 古埃及著名的毁灭巨蛇,吞噬一切的怪兽,银河的具象化身。

戴维说着,将这段诗转发到拉苏尔手机上——

听着,汝等悲叹之民
此为来自天堂之预示
汝等将见被祝福之兽
及他所欲之猩红女士
所有的男女皆为星辰
有翼之天球翠蓝染作
于星界追随努特之爱

戴维皱着眉头读完这些不知所云的诗句,这才注意到邮件下面的备注,"哦,他说这出自克劳利《法之书》的序言……天啊,这都是些什么莫名其妙的诗句啊?"

"研究神秘学的家伙就喜欢搞这种故弄玄虚的东西。"拉苏尔却认真地看了起来,"不过根据你同事之前发来的资料,这篇诗作就是在布鲁格施将'埃及考古资料'交给他后的几天内写成的,说不定这里面会藏有什么暗示。"

"装神弄鬼。"戴维哼了一声,"什么'被祝福之兽',这是说堕天使撒旦吗?"

"你说的撒旦显然不符合'被祝福'这个限定词。"拉苏尔指着祝福一词说,"在埃及,兽还有别的指代。"

"什么指代?"

"还记得金字塔前的狮身人面像吗?它真正的名字是赫姆玛克特,也就是清晨太阳神——荷鲁斯[1]的别称,它才是被众神祝福之兽。"拉苏尔说。

"狮身人面像!"戴维恍然大悟,"之前我就听说下面有密室,你说那些被布鲁格施拿走的心脏,会不会就在……"

"那种地标建筑根本不适合藏东西,太容易被发现,尤其后面还有一句'他所欲之猩红女士',显然和狮身人面像无关。"拉苏尔摇了摇头,"神秘学的谜底肯定不会就这么浅显地出现在谜面上的。"

"'猩红女士',这又是什么?莫非也跟刚才你说的荷鲁斯有关系?"戴维的好奇心显然也来了,正好分散了他对病痛的注意力。

"没错,神话中荷鲁斯的配偶女神哈索尔[2],古埃及人对她的称呼有很多,比如'爱神'、'西部女神'、'绿松石的女主人'等等,其中一个称呼就是'红衣女主人'。如果谜底是特指某个地方的话,那也应该是与荷鲁斯、哈索尔都有关的地方。"拉苏尔分析道。

"'所有的男女皆为星辰',这听起来怎么像是在说外星人……不,不是外星人,这是在说星座?"戴维突然想到,"星

---

1. 古埃及王权之神、清晨太阳神。
2. 古埃及爱情女神,荷鲁斯的配偶。

座就是用各种男女的形象来划分的！"

但戴维又皱起了眉头，"不对，不对……星座是后来希腊人划分的，和埃及没什么关系啊。"

"不，你说的没错，这里就是在指星座！"拉苏尔却露出恍然大悟的表情，"我知道克劳利说的是什么地方了——"

拉苏尔正要说下去，病房的门突然被推开，一个肤色黝黑、戴着眼镜的当地医生走了进来，手里拿着两份报告，用生硬的英语对戴维和拉苏尔说："你们的身体检查结果出来了。"

"怎么样？"看着医生严肃的表情，戴维又紧张起来。

"戴维·霍华德先生，哈桑·艾尔·拉苏尔先生，我必须通知你们……"医生低头看着手里的报告，"虽然不知道原因，但是你们两位都遭到了不同程度的辐射伤害，如果不进行彻底的广谱治疗的话，恐怕……"

"没有几天时间了？"尽管拉苏尔的声音很平静，但戴维还是能感受到他的恐惧。

"很抱歉，但情况就是这样。"医生抬起头，他的镜片反射出冰冷的白光，"因为无法确定两位是遭受了哪种辐射伤害，目前只能采取保守的广谱治疗……这样做不仅疗效会打折扣，治疗费用嘛，也是……"

"无法确定被什么辐射伤害？辐射不就那几种吗？"戴维问。

"对，这就是我们感到奇怪的地方。经过检查，我们发现你们遭受的辐射和目前已知的几种辐射类型都不一样……"医生看着这两个倒霉家伙,"或许你们能告诉我你们经历了什么?"

"如果我们告诉你,您就要来和我们做病友了。"拉苏尔苦笑道。

"那就不必了。"医生将一张单子递给拉苏尔,"拉苏尔先生,这是您的账单,因为您隶属于埃及考古局,所以国家会替你报销大部分费用。"

"那我呢?"戴维伸手去拿自己的单子,"我应该有旅游保险吧?"

医生迟疑了一下,将账单递到了戴维斯手里,戴维看了一眼,几乎当场晕了过去,甚至都没看清是几位数。

"很抱歉,霍华德先生。您从未办理过埃及的医疗保险,也从未参与补助项目,所以您只能全额支付所有费用……嗯,这可能是一大笔钱……"医生尴尬地笑了笑,转身向外走去。

这可不只是一大笔钱,全世界能支付得起这笔费用的人就没有几个!戴维在心里狂叫道,但他并没有真的叫出声,因为他已经被患病的事实和天价账单的双重打击彻底打垮了,瘫在床上欲哭无泪。

"等等,医生!"就在这时,一旁的拉苏尔开口问道,"如果我们能确定辐射的种类呢?是不是就可以针对性治疗?"

医生闻声回过头来，难以置信地盯着拉苏尔好一阵，才开口说道："当然可以。但是奉劝两位，以你们的身体状况，根本不足以支撑你们再进行长途跋涉，或者什么超负荷运动。如果两位能在医院里静养，说不定会得到缓解。"

随后医生将门咔的一声轻轻关上，戴维整个人顿时泄了气，他双手抱着头绝望地呻吟起来："我……我的天啊……"

"戴维，你愿意相信我吗？"一旁的拉苏尔看着戴维，认真地说道。

戴维看着拉苏尔，他的眼神痛苦又迷茫，但还是点了点头。

拉苏尔看着他一字一顿地说："我能带你解开那东西的秘密。"

"拉苏尔先生——咦？"

第二天早晨，当医生推开房门想探视这两个时日无多的病人，却发现两张病床上早已空无一人，只有放在两人床头的缓解辐射病症状的药物少了几瓶，而戴维的床边放着一沓用来支付诊疗费用的现金。

此时，戴维和拉苏尔正挤在一辆满载游客的巴士里，汽车左右颠簸令戴维不停地反胃，拉苏尔也好不到哪里去，但他一直强忍着不适打电话，等到他挂断电话不久，就收到了一张高清照片。

"这是什么?"戴维揉着太阳穴,满脸疑惑地看着拉苏尔递来的照片。

"还记得克劳利在序言中暗示的地方吗?我刚才专门拜托当地管理处的朋友去拍了这张照片过来。"拉苏尔说。

戴维眯起眼,仔细查看着照片,从照片上多根铭刻着女神头像的巨大的圆形石柱看来,应该是在一处古老的神庙内部仰拍天花板的照片。

照片中是一幅蓝绿色背景的圆形穹顶画,被四名女神张开双臂四面托举。环绕着蓝绿色的圆心,中间一条带翼日轮的装饰带横分两条黄道,黄道周围则密密麻麻绘制着不同造型的男性、女性,以及各种野兽造型的埃及神祇的形象,有的在大步奔跑,有的在乘船航行,这些形象充满张力,栩栩如生。

"天啊!"戴维被这穹顶画带来的压迫感所淹没,情不自禁地称赞起来,"好壮观的画。"

"**汝等将见被祝福之兽,及他所欲之猩红女士**。这就是克劳利暗示的地方。"拉苏尔说。

"你怎么能确定?"戴维问道。

"猩红女士就在这里。"拉苏尔虚弱地笑了起来,伸出打着绷带的手指向照片上的女神浮雕,"这位就是荷鲁斯的妻子哈索尔女神,这张照片是在丹德拉的哈索尔女神庙里拍摄的,在希腊语里,丹德拉的意思就是'红色'。"

"回到照片本身,这照片里面的图案就是著名的丹德拉星图,也是埃及人从希腊人那里引进了星座概念之后,自行创造出的星座图。"拉苏尔看着惊讶得合不上嘴的戴维继续说道,"周围托举星图的女神是埃及的天空女神努特[1],而里面的众多神祇形象,就是北半球夜空的星座。"

戴维被眼前古老的艺术所震撼,他的耳边不断回响起克劳利的那几行诗——"*所有的男女皆为星辰,有翼的天球翠蓝染作,于星界追随努特之爱。*"

"没错,他说的应该就是这个!可是他究竟在暗示什么?"戴维再次疑惑起来。

"你看周围托举天球的四个努特女神的手,她们的右手分别指向星图里的四个图案。首先是持矛人刺杀公牛的画面,这只公牛没有前腿;另一边对应的则是它丢失的那条前腿;然后是方形外框里的环形衔尾蛇,和它相对应的是坐在椅子上的女子手托婴儿。"拉苏尔指着照片一一分析起来。

"这些有什么象征意义吗?"

"在古埃及,公牛的形象代指法老,遭到刺杀、丢失前腿的公牛,不出意外的话应该是指死去的法老。

"托举婴儿的女子,如果我没猜错,应该是伊西斯女神在照顾新生的太阳神荷鲁斯。

---

[1] 古埃及天空女神,为托举群星的女性形象。

"荷鲁斯是死去的冥神奥西里斯[1]的遗腹子,也可以代指上一代法老去世后继任的新法老……当然,也可能是在指两任法老之间交接的某种东西……"拉苏尔继续分析道。

"那方框里的衔尾蛇呢?"戴维指着第三个图案问道。

"冬眠的蛇、方形的庇护所,那应该是死去的法老的永眠之地,也就是金字塔。"拉苏尔说。

"所以这条线索指向的就是金字塔?可是和'金字塔'对应的荷鲁斯又是什么意思?"

"这个还真不好说是什么意思,也许是在说荷鲁斯的某种特征。荷鲁斯在埃及神话里的造型是一只头顶太阳的鹰,不过有时候又仅仅以一只眼睛的造型出现,也就是著名的荷鲁斯之眼。"拉苏尔皱着眉头。

"鹰……鹰会飞!"说到这里,拉苏尔和戴维的眼睛同时一亮,两人异口同声地说道,"像鹰一样飞翔!"

搭乘热气球升空观景是卢克索当地的热门旅游项目,这里可以租到各式各样的热气球。戴维跟着拉苏尔下车后,直奔尼罗河边的热气球出租摊位,拉苏尔轻车熟路地绕过那些和游客讨价还价的商人,直奔摊位最里面的一顶阿拉伯帐篷。

敞开的帐篷里不断往外冒着浓烟,戴维被呛得直咳嗽,连

---

[1]. 古埃及冥界之主,荷鲁斯的父亲。

忙挥散了眼前的烟雾,这才看到一位仰躺在毛毡上抱着阿拉伯水烟管的老人正在吞云吐雾。

"帕沙叔叔!"拉苏尔亲切地跟帐篷里的老人打着招呼。听到声音,老人依依不舍地放下水烟管,转头打量着站在帐篷外的拉苏尔和戴维。

"原来是拉苏尔家的小家伙,哈哈。"名叫帕沙的老人看清了来者,这才大笑着坐起身,"你不是在开罗研究那些木乃伊吗?怎么想起回卢克索了?"

"我们……遇到了一些事,不得不回来。"拉苏尔指了指外面那些热气球,"帕沙叔叔,我们现在想要搭乘热气球尽快赶到——"

"你说的事情,该不会和你祖先有关吧?"帕沙叔叔脸上的笑容转瞬而逝,他严肃地看了看戴维,又看着拉苏尔语重心长地说,"千万不要重蹈覆辙啊,孩子。"

"您放心,我不会做那些违法的事情的。不过现在情况紧急,我们需要一只能载着我们长时间飞行的热气球。"拉苏尔十分诚恳地说。

"外面不是很多嘛。"帕沙叔叔指着两人身后众多热气球,"这些都是绝对安全的。"

"可是这些飞不了多远。我们需要最专业的。"

"你想要能飞多远的?"帕沙眯起眼睛看着拉苏尔。

"我们要赶去大金字塔,大概四五百公里吧。"戴维在一边忍不住插嘴,"你这里有能飞这么远吗?"

"哈哈哈哈……"老人狡黠地笑了起来,他走到帐篷边上,掀开一大块毛毡。一架完全由不锈钢骨架支撑、铺着松软的羊毛毡、用细密藤条编织成载人吊篮热气球就出现在两人眼前。

"这是我当年用来飞越尼罗河全程的专业高空热气球——'尼罗河之鹰号'。"帕沙叔叔抬起头十分骄傲地说,"大功率燃料喷头,专业风控操纵系统,满负荷载重七百公斤,可以连续飞行四十个小时不落地,够你们用了吧?"

"谢谢帕沙叔叔!没想到您连这一架也愿意借给我们……价格方面……"拉苏尔十分惊喜。

"小拉苏尔,你跟我还谈什么钱?只要你能不重蹈祖先的覆辙就好……"帕沙微笑着抬头看着天空,像是回忆起曾经征服天空的往事。

拉苏尔从帕沙叔叔那里拿了一份地图,跟着戴维钻进了热气球吊篮。身为电气工程教授的戴维很快就掌握了帕沙叔叔絮絮叨叨讲了半天的热气球操作,他将燃料喷头打开,伴随着火柱喷出,缓缓鼓起的热气球就载着两人朝天空中飞去,帕沙叔叔和周围的游客一直朝他们挥手,直到热气球逐渐变小,越来越远。

"没想到这个老家伙还挺厉害。我猜他一定不是普通人。"戴维由衷地称赞道。

"是啊,他的家族和我的家族也算故交了。"拉苏尔看着眼前由南向北浩浩荡荡奔流的尼罗河,"还记得曾经主持审判拉苏尔家族的省长达乌德·帕沙吗?他就是那个省长的后代。"

戴维看了看手表,此时是上午十一点,风向为南风,随着热气球越飞越高,视野骤然开阔,戴维觉得自己仿佛与浩瀚的天地融为一体,原本因为遭到大剂量辐射而充斥内心的阴霾顿时一扫而空。

"我们已经飞得足够高了!"此时热气球已经飞到四千多米的高空,尼罗河上空的强风正裹着热气球快速向北飞行,周围呼啸的风声让戴维不得不加大音量,"对了,你觉得我们在金字塔会找到什么线索?"

"不清楚,不过,既然丹德拉星图上同时暗示了金字塔和飞行,我想一定是只有飞在空中才能发现的线索吧。"拉苏尔摇了摇头说道。

当天傍晚七点左右,在夕阳的余晖里,戴维和拉苏尔乘坐的热气球掠过了位于阿布西尔的三座金字塔,这三座金字塔因为施工草率,早已在风沙的侵蚀下坍塌大半,但拉苏尔还是用笔在地图上圈出了这三座金字塔的位置。

又过了一个小时,这时夜幕已经笼罩了尼罗河谷,皎洁的明月挂在天空中,两人驾驶的热气球又从萨卡拉地区的三座金字塔边缘掠过,这三座金字塔分别是最早修建的阶梯金字塔,发现最早的金字塔铭文的乌纳斯金字塔,以及最早定形的红色金字塔。同样的，拉苏尔也将这三座金字塔的坐标在地图上画了出来。

热气球飞到吉萨金字塔群上空的时候已经是晚上九点，此时三座最大的金字塔——胡夫、哈夫拉和孟卡拉金字塔都沉睡在圣洁的星光下，不远处还能看到荷鲁斯的化身狮身人面像翘首凝望着尼罗河的东岸，像是在守望着什么。

"从空中看和从地上看有什么不一样吗？"戴维一手扶着缆绳，眺望着月光下巍峨的金字塔问道。

拉苏尔盯着金字塔沉思了许久，突然开口问道："对了，你知道金字塔为什么修成这样的形状吗？"

"因为这样堆积起来的建筑，重心稳固不容易倒塌？"戴维想了想说道，"我听说古埃及有专门的建筑师来设计金字塔，连金字塔的角度都是设计好的。"

"你说的没错，不过金字塔的造型最初就是在模仿太阳向地面投射阳光的形象，金字塔的棱线就是光线的具象化。"拉苏尔的眼睛闪烁着兴奋的光芒，他指着金字塔的塔尖部分说，"每一座金字塔的顶端，都会有用金属制成的名为'奔奔石'的塔尖，它能够反射阳光，像真正的太阳一样耀眼。"

"哦？"

"往西边绕一点！"拉苏尔俯视着下方的大金字塔，对操纵方向的戴维说，"绕到最矮的那个孟卡拉金字塔的西南方向！"

很快,热气球就在戴维的操纵下,从最高的胡夫金字塔侧边绕了一圈,掠过孟卡拉金字塔上的巨大裂痕,来到了三座金字塔的西南方向。拉苏尔又挥手示意戴维将热气球升高,等到吊篮的高度与最远处的胡夫金字塔塔尖平齐之时,拉苏尔大喊一声:"停!"戴维急忙将喷头调节到悬浮的状态。

"戴维,看到这三座金字塔的塔尖了吗?试着把它们连成一条线!"拉苏尔伸手指着视线正前方,从他手指的方向看过去,戴维的视线分别越过下方不远处的孟卡拉金字塔的塔尖,再越过哈夫拉金字塔塔尖,直到最远处的胡夫大金字塔的塔尖。

三座反射着月光的金字塔塔尖在戴维的视线里连成一条直线,这条无形的直线掠过夜色里的尼罗河河面,直指东北方向的河对岸的远方。

"原来象征着光线的金字塔本身就是坐标!"戴维一下就想通了这个关键,"这道由三座金字塔塔尖连成的直线,就直指下一个地点!"

"我们有救了!"自从在藏匿法老木乃伊的山洞中被辐射后已经过去两天,眼看时日无多、靠着最后一丝希望才坚持下来的戴维十分激动。

不过才过片刻,戴维脸上激动的神情就突然散去,他皱起眉头,指着三座金字塔塔尖连线的方向诧异地说道:"可是……如果只有这一条线的话,还是无法确定那个地点的具体方位啊!"

旁边的拉苏尔推了推他的手肘,示意戴维看着他手里那张地图。拉苏尔拿出上衣兜里的笔在吉萨三座金字塔之间连起一道直线,延长线则一直画到了开罗附近;接着又将之前经过的阿布西尔的三座金字塔和萨卡拉的三座金字塔的方位上各自连出一道直线。

"这……这……这些金字塔之间的连线,竟然指向同一个地方?"戴维简直不敢相信自己的眼睛,眼看着那三条看似并无联系的直线,竟然就在拉苏尔手里的地图上交会于同一点——开罗城的东北郊外。

戴维诧异地看着拉苏尔,而后者用笔在交会点重重涂了一个圈,叹了一口气说道:"我早该想到是在这里的。"

"这地方是哪儿?"戴维不敢相信这究竟是巧合还是古代埃及人的精心设计。

"马塔利亚,希腊人以太阳神赫利俄斯的名字称呼其为赫利奥波利斯,而埃及人则称呼它为Iwnw,也就是太阳之城。"拉苏尔放下笔,抬头看着远方马塔利亚的方向,"我早该知道的,这些象征太阳的金字塔塔尖,本来就应该指向太阳。"

戴维操纵着热气球降落在狮身人面像附近,两人在当地旅馆休息了一晚。第二天一早,拉苏尔在当地商店重新买了手电和其他称手的装备;考虑到之前的经历,拉苏尔还特意准备了两只便携盖革计数器，随后便和戴维租车出发，穿过繁华的开罗街道，直奔开罗东北的马塔利亚而去。

历史上，赫利奥波利斯作为宗教圣地而盛名在外，但是几千年过去，这座曾经被誉为太阳之城的古城早已从地面上消失得无影无踪，如今这里到处都是杂乱无章的低矮民居和未封顶的烂尾楼，街道上更是尘土飞扬，汽车鸣着笛横冲直撞。

昨天晚上，戴维将吉萨、萨卡拉和阿布西尔的金字塔连线交会的坐标点传给了珀西，珀西则传回来一份霍洛威学院数据库里的高清航拍照片，照片上可以看到金字塔连线交会点正落在一处正方形广场上，广场正中是一座红色的塔碑。

拉苏尔把车停在这处广场旁边，看见广场正中耸立着一座古埃及时期的方尖碑，碑体高约二十米，通体为红色花岗岩雕凿而成。

"看样子就是这里……"戴维转头看着四周，周围很空旷，东边不远处有一座已经破败的科普特教堂，大门随意敞开着，"不过这座教堂……怎么看也不是法老那个时代的建筑啊。"

拉苏尔指了指方尖碑旁的多国语言介绍牌，只见上面写着：这座由古埃及第十二王朝的塞努斯瑞特三世，用红色花岗岩制成的方尖碑，位于古代赫利奥波利斯太阳神殿前的广场正中，标志着这座太阳之城最核心的位置。公元5世纪初，科普特教会在太阳神殿遗址上方修建了科普特教堂，至今仍然是埃及最古老的科普特教堂之一。

拉苏尔和戴维走进去,只见教堂窗户上的印花玻璃已经破烂不堪,阳光穿过破洞投射到教堂尽头的十字架上,若不是教堂里还摆放着几条靠背长椅,很难看出最近还有人在使用这座教堂。

"科普特教会为什么要在神殿的遗址上修建教堂?"戴维看着空旷的教堂,疑惑地问道。

"早期科普特教会里面很多都是埃及本地人,他们中有不少人能够阅读古埃及圣书文。"拉苏尔回答道,他仔细地观察着教堂内部结构,侧耳贴在教堂的立柱边上,用手指轻轻叩击着柱体,"古埃及圣书文一直被使用到四世纪末,正是这座教堂建成的时代。他们中或许有人知道这里藏有某种不应该现世的秘密,而在上面建造教堂则是保护这片土地最安全稳妥的方法。

"如果我没听错,通道就隐藏在教堂下面,但我还没找到开启的机关。强行打开也不是不行,但动静太大,恐怕会把周围的居民吸引来。"拉苏尔听了一会儿柱体的回音,对戴维说道。

"关键是我们没有时间和力气来强行打开了。"戴维捂着心口喘息道。

"他们既然直接在神殿遗址上修建教堂,那通往地下的通道入口处的地基自然会有一部分是悬空的。"拉苏尔一边说，一边朝着布道台走去，"为了避免这片悬空的地基被太多人踩踏而塌陷，那一定是个一般人不会或者不敢轻易靠近的地方……"

"你是说——"戴维和拉苏尔的视线一齐落在了布道台后的十字架上。

拉苏尔爬上布道台，伸手推了推那座十字架，里面传来哗哗的液体流动声，看来内部是中空的。"来吧，让我们将它还原成原来的样子吧。"

"什么叫原来的样子？"

"里面有液体……"拉苏尔双手抱住十字架的底端想将抬起来，但却失败了，"嘶……下面还挺沉……"

"应该是水银。"戴维也试着抬了抬，皱起眉头道，"他们在里面灌注了水银。"

"来，我们一起把它抬出来试试看。"说着，戴维和拉苏尔吃力地托起十字架的两端，只听咔的一声轻响，这座十字架终于被两人从地基上合力抬了出来，露出一个深不见底的黑色洞口。

"这个洞口……我们钻不进去啊！"戴维托着从地面拔出来的十字架，满脸涨得通红。

"把十字架倒过来！"拉苏尔示意戴维用力向他那边推去，戴维已经没力气再问他要干什么，两人合力将十字架翻转过来，变成倒立的形状，只听十字架内部哗的一阵液体流动声，合力抬起十字架的两人感觉到十字架底部的重量瞬间全部压到了另一端,拉苏尔被压得脸都白了。

"把十字架倒着……插回那个洞口……"拉苏尔全身颤抖着叫道。好在戴维及时将十字架原本的顶端对准了那个洞口,两人一起用力猛推,才将沉重的十字架倒立着插了回去。

"呼……呼……我不行了,彻底没力气了……"戴维急促地喘着粗气。突然,地面开始颤动起来,伴随着一阵沉闷的咔咔声响,两人脚下的地板缓缓呈阶梯状沉了下去,露出一条通往地下的昏暗隧道。

"看到了吗?这种没有出头的T形十字架,才是最早的埃及十字架。"边退边躲的拉苏尔蹲在地上喘了半天,才指着倒立着的⊥形十字架说,"地板上的U形槽机关原本靠着十字架底部牢牢压着,十字架倒立过来后,因为内部的水银充满了十字架的横梁,改变了十字架和地板接触面的压强,触发了U形槽里的横向弹簧装置,这才露出通道来。"

说罢,拉苏尔咳嗽了两声,回头看着一边的戴维说:"准备好了吗?"

"走吧……"戴维深吸了一口气,握紧双拳抬头面对着黑暗,"让我们来看看,被那些'活'木乃伊埋藏、让考古学家和黑魔法师们耗费一百多年寻找、还让咱们倒了大霉的东西,究竟是什么来头。"

戴维和拉苏尔打着手电，沿着这条倾斜向下的黑暗隧道走去，不知道过了多久，才从一个骤然开阔的洞口钻了出来，放眼望去，两人正置身于一片向上望不到顶的巨大地下空洞中。

拉苏尔探脚踏了踏，发觉脚下的岩面很光滑，显然是被地下暗河成千上万年反复冲刷才形成的，远处还隐约传来水流声。

"天啊，我们这是到了地狱吗？"戴维看着周围的无边黑暗，情不自禁地感叹道。

在拉苏尔和戴维面前，是一条曲折地通往前方的悬空天然岩桥。而天然岩桥的另一端，则连接着一座矗立在下方虚无的黑暗中、不知道究竟是修建在基岩上还是凭空悬浮的巨大古埃及神殿。

这座古埃及神殿左右对峙的巨大塔门上，分别雕刻着对向而立的鹰首太阳神荷鲁斯和木乃伊造型的冥王奥西里斯的巨型侧面浮雕，这两尊仅能被手电光照亮一小部分的巨型浮雕经过岁月的剥蚀，已经斑驳不堪，无法看出是何时何人在这地底深渊中完成了这令人恐惧的壮举。

"地底洞穴、蜿蜒河道[1]、审判大厅[2]，还有……量心天

---

1. 古埃及神话中的冥界之河，与现实中的尼罗河首尾相连。
2. 古埃及神话中奥西里斯审判死者的宫殿。

平。"拉苏尔将手电的光柱收到最小,将光线投射在岩桥对面古老神殿门口处的一根金属立柱上,他盯着那个反射着手电光的金属立柱看了好久,这才沙哑着嗓子说,"埃及冥界审判的元素都齐了,你说的没错,这一次我们来到真正的地狱了。"

事已至此,拉苏尔和戴维只得硬着头皮走向前方巨大的地下神殿。一直到了近处,在紧闭的数米高的大门前,戴维这才看清拉苏尔刚才用手电照亮的金属柱体——

那是一架通体用黄金打造出来的巨型天平,足有三米高,顶端是一尊戴着羽毛头饰的女神头像。天平两端被金锁链固定的黄金秤盘上,一端空空如也,另一端则立着一片白色的羽毛——和矿物原料打交道多年的戴维一眼就看出,它是用白色水晶雕琢而成的。

即使到了现代,也没有什么人能如此阔绰地使用黄金来打造这样的巨型器物,更别说整个天平造型充满神圣的威仪,戴维和拉苏尔手中的灯光照在它上面,就连天平顶端女神头像的黑曜石双眼的反光都显得极为肃穆。

"哇哦——"戴维难以置信地看着矗立在古老神殿门前的黄金天平,"如果把这个运出去的话,换的钱足够咱们两个治疗了吧。"

"现在可不是讨论钱的时候。"拉苏尔边走边咳,他推了推大门,纹丝不动;随即又绕回天平前,将手电筒的灯光绕着这巨大的天平晃了晃,喘了一会儿,才回头看着戴维,"法老木乃伊留言的真相、跳动三千多年的心脏的秘密,看来都深藏在眼前这座神殿里。"

"所以我们必须想办法进入这座神殿。但是大门被封死了,我们要怎么进去?"戴维也举着手电筒绕着天平看了又看,但他有些担心拉苏尔的状态,辐射病对拉苏尔的侵蚀已经非常明显了。

"看来只有通过这个天平机关才能进去。"拉苏尔迟疑了一下,向后退了几步,让手电的光将整个天平笼罩起来,"这个机关的破解方法显而易见,但问题是……你还记得我之前跟你说过的量心仪式吗?"

"就是那个确定死者灵魂善恶,决定谁能够登上太阳船永生的宗教仪式?"戴维回头看着拉苏尔。

"对,这个机关就是量心仪式。"拉苏尔指着天平,"把死者的心脏放入空盘,如果心脏跟那边代表真理的羽毛等重,那就代表死者的灵魂是善良的,就可以通过这道门得到永生。"

"难道想要进去,我们必须有一个人得献出心脏吗?"戴维感到一阵不安。

"这倒不必,你忘了我们还有这个吗?"拉苏尔拿出装着那只跳动心脏的箱子,"按理说,它在三千多年前就应该来这里了。"

"这可真是太好了。"戴维松了一口气。

"可问题就在这儿。"拉苏尔打开箱子,迟疑地看着那只还在跳动的心脏,"如果死者的心脏轻于或重于羽毛,那就说明死者的灵魂充满邪恶,这样的死者就会被鳄首狮爪河马身的怪兽阿米特[1]吞噬,彻底化为虚无。"

"换句话说……"戴维立刻明白了拉苏尔为何担忧,他转头看着身后的黑暗深渊,压低声音问道,"如果阿赫那顿的心脏没能通过量心仪式……我们就会像山洞里那幅岩画上的人一样,这里面会出来什么东西把我们全都吞掉?"

"对我们来说,被吞掉恐怕已经是最仁慈的死法……只怕那东西……已经超出我们能够理解的范畴了。"拉苏尔环顾着周围的黑暗。

"所以,现在怎么办?"戴维和拉苏尔在手电光刺破的黑暗里对视着,两人都沉默了。

"我们既然到这里了,我们就已经比所有人都走得更远了。"戴维露出无奈的苦笑,"能死在这里也不错吧。"

"那就让众神来决定这个世界上最勇敢也最愚蠢的两个人类的命运吧……"拉苏尔似乎还想说什么,但一阵咳嗽了阻止了他,他深呼一口气平复了一下,没有再说下去。他走上前去,将那颗已经持续跳动了三千多年、正发出微弱红光的心脏,连同包裹在外面的亚麻布,放进了黄金秤盘里。

当那颗跳动的心脏落入黄金秤盘的一瞬间,戴维和缓缓退

---

1. 古埃及传说中的生物,邪恶亡灵的吞噬者。

后的拉苏尔屏住呼吸，紧张地看着原本平衡的黄金天平开始忽高忽低地晃动起来，连接横梁与立柱之间的支点发出沙沙的摆动声。他们的心都快提到了嗓子眼儿，生怕黄金天平一下失去平衡。

就在这时，那只原本发出微弱红光的心脏突然出现了奇怪的变化，红光越来越盛，竟然穿透外面包裹的亚麻卷，将站在黄金天平旁边的两人都笼罩其中。

"快退后！"

戴维话音未落，那红光越来越耀眼，开始如同照明的火把，到后来简直就像是一团微缩的太阳一样，爆发出的炫目光芒甚至让那座古老神殿原本藏在黑暗中的外墙都完全展现出来，塔门两边的奥西里斯与荷鲁斯的浮雕更是被光芒照得投射出晃动的狭长阴影，犹如两尊通天贯地的古代巨神正要挣脱束缚破墙而出。

伴随着光芒的暴涨而来的是一阵震耳欲聋的呼啸风声，这不知从何而来的声音又被地底空腔反复放大，站在黄金天平下的两人根本没有感觉到任何的空气流动，就已经被这天地齐颤的声音震得全身发抖——像是在对这恐怖的巨响做出回应，两人身后黑暗的深渊里也传来如同野兽齐声咆哮的闷吼，如鳄鱼，如狮子，如河马，怪声咄咄不绝。

"快看——门开了！"就在戴维被震耳欲聋的风暴声和深渊中的群兽嘶吼声骇得面无人色之际，拉苏尔指着面前原本紧闭的神殿大门高喊道。

两道沉重的大门在炫目的红光中已经缓缓向外张开一道缝隙,与此同时,身后深渊里那令人不安的怪声仍不绝于耳,戴维和拉苏尔见状哪敢犹豫,慌忙互相搀扶着踉跄前行,生怕眼前的大门再度封死。

然而就在他俩迈步的一瞬间,只听得风声骤响,狂暴的气流从四面八方横卷过来,朝着刚刚开启缝隙的神殿大门撞去,大门被一内一外两股力量夹击,发出吱吱呀呀的声音——这股突然而来的风暴是如此强烈,以至于体力严重透支的戴维和拉苏尔两人直接被掀飞起来又狠狠砸在地上,摔得眼冒金星。

"我知道了——"戴维突然意识到刚才的声音和如今的狂风从何而来,"真空!神殿内部是真空的!它是靠着内外大气压差实现自动开门和锁门的!"

就在这时,挂在黄金天平上的秤盘被突然而来的狂风吹得来回乱摆,秤盘里的法老心脏直接被甩飞出去。

就在这一瞬间,不知道是本能还是巧合,戴维几乎是下意识地抬手抄住了那颗还在跳动的心脏,他心里暗道一声侥幸,转头对拉苏尔说:"那颗心脏就是给神殿内部通风设施提供动力的能源,我们不能丢了它!"

"快挡住门!"拉苏尔眼看着神殿大门正因为外部剧烈风压而闭拢,急中生智,伸手扯住面前的黄金秤盘向后退去。那架黄金天平被他扯得绕着立柱旋转起来,另一端被风吹动的黄金秤盘正好卡在缓缓闭合的大门之间。

"快走!"卡在门缝之间的黄金秤盘给两人争取到了宝贵的时间,两人急忙迈步要进,忽然听得身后一阵汹涌的浪涛声响,戴维回头看了一眼,"我——的——天——呀!"

拉苏尔闻声也回头,眼看着一道浑浊的巨浪从身后的深渊中飞卷到半空,像是一堵巨大的城墙,伴随着汹涌的疾风,带着如同野兽嘶吼的咆哮,朝戴维和拉苏尔铺天盖地地猛砸下来。

戴维一把抓住惊呆了拉苏尔,两人在黄金秤盘被挤出门缝的一瞬间扑了进去,没有了阻力的大门顿时在内外巨大的风压差下轰然闭合,擦着被戴维猛扯进来的拉苏尔的脚底重新封死,汹涌的浪涛沉重地轰击在紧闭的大门上。

"呼……呼……"这奋不顾身的一跃将两人残存的最后一丝体力消耗殆尽,拉苏尔跪在地上痛苦地咳嗽着,戴维则仰面朝天面无人色地大口喘息,呻吟道:"该死的负压!那条地下暗河被从深渊里卷起来了!我以为咱们死定——"

突然,戴维的手臂被拉苏尔扯了一下,他顺着拉苏尔惊喜的视线看去,眼前炫丽的奇景顿时让他目瞪口呆。

"看到了吗?"拉苏尔的眼睛里浮现出憧憬的光芒。

这座神殿内部并没有什么复杂的陈设装饰,就连在埃及其他神殿中常见的壁画和浮雕都没有,整个神殿内部都刷着一层和丹德拉星图同样的蓝绿色涂料，此时正泛着一片幽暗的光泽，显得更加神秘莫测。

神殿正中有一尊黄金基座，基座上一颗浑圆的多面晶体正烁烁放光，那团耀眼的光球犹如微型的太阳，隔着很远都能感到一阵热流扑面而来——两人带在身上的盖革计数器同时发出嘶嘶的噪音。好在目前这点辐射对于他们来说还在忍受范围内。

"埃及蓝，这是最早的人工合成蓝色颜料，丹德拉星图就是用它绘制的。"拉苏尔伸手摸了摸墙壁上的埃及蓝颜料，从手感上就可以判断出涂层相当厚，"不过这里怎么涂得到处都是？"

"嗯……他们可能是想……"戴维犹豫了一下，"发电。"

"发电？"这下轮到拉苏尔目瞪口呆了。

"昨天我把那张丹德拉星图发给我的同事，他说美国的伯克利实验室的一项最新研究发现，埃及蓝具有极强的荧光效应，它可以高效地在近红外光范围发射它所吸收的光子，能源效率最高可达百分之七十。"戴维抚摸着手边的涂层，"也就是说，这种涂料吸收可见光后发射的近红外光可以被转换为电力。"

"古代人怎么可能会知道……"拉苏尔诧异地问道，毕竟直到电力革命之前，还没有人意识到电能蕴含着巨大的能量。

"他们不一定知道原理，但观察现象也能积累出足够的经验。只要有相关材料设备,一个高能辐射源就可以转化为持久且无害的能量。"戴维说。

"但他们发电能有什么用呢?"拉苏尔抬起头四处看,试图寻找使用电能的机关设备。

"嗯……我想可能跟刚才开启大门的天平机关有关吧。"戴维指着神殿中间黄金基座上的发光晶体,"我猜刚才的量心仪式,实际上就是用这颗心脏作为能量源启动神庙内部的通风装置,而在装置启动前,神庙内部其实是处于近似真空的状态。

"通风装置启动之后,利用神庙内涂层积蓄的电能来抽取深渊里的空气,并注入神庙内部,导致内外气压平衡,神庙大门自然开启,而深渊里的地下河水则因为空气被抽取的负压而涌出,通过液压将神庙大门再次封死。"

"这么说的话,我们现在就没法离开这座神庙了吗?"拉苏尔回想起刚才汹涌的巨浪,不由得有些后怕。

"很有可能……不过这种液压封锁的状态不会持续太久的。神庙内部体积毕竟有限,到一定程度之后,内部气压就会高于外部气压,内部的空气会从刚才进气的管道排出,外面气压恢复正常,地下水就会重回深渊,而神庙则会因为内部的负压再次封死。"

"如果真是这样设计的,那还真是巧妙的平衡啊!"拉苏尔望着不远处的多面晶体,"用来发电的可见光想必就是从那里发出的吧……咦?你看那边!"

戴维顺着拉苏尔的目光,看到一个躺在黄金基座不远处的黑影,"好像是个人!这里怎么会有人?过去看看?"

"小心点,注意盖革计数器的读数。"说着,两人一起小心翼翼地朝黑影走去,尽管逐渐接近发出炫目光芒的晶体,但是盖革计数器的读数并没有出现显著的变化。

两人走近地上的黑影,赫然发现那是一具身穿十九世纪欧洲探险家服装的男性干尸。

"这、这是……"拉苏尔几乎瞬间就认出了死者的身份,"埃米尔·布鲁格施!"

"就是那个跟你祖先一起去藏匿点的考古学家?他怎么会在这里?"

拉苏尔摇摇头,蹲下身查看着这具干尸——说是干尸,但是除了体表皮肤略微脱水而塌陷下去之外,整本保存得极为完好,这让他脸上痛苦的表情显得格外突兀。

"看来因为内部近乎真空的环境,让他的尸体得以保存下来了。如果能确定他的死因,我们就可以提前做好准备……"戴维有些紧张地小声说。

"你看他的眼睛。"拉苏尔皱起眉头,伸手拨开布鲁格施塌陷的眼皮,一双被烧成一团焦炭的缩皱眼球赫然出现在两人面前。

"嘶——好惨!"戴维倒吸一口凉气,"看倒地的姿势,他死的时候,面对的应该是……那个水晶体!"

"应该和我们之前的遭遇一样,是强辐射。"戴维转头看着那颗还放在黄金基座上的红色多面晶体,"他肯定和我们一样,是在猝不及防下近距离遭遇了远比我们那次强得多的放射性光芒,被活活烧穿眼球疼死的!"

拉苏尔皱着眉头说道:"看来他并没有把心脏交给克劳利,而是自己带着其他九颗心脏来到这里。他也在试图解开法老木乃伊心脏的谜团……看来他已经很接近了……"

戴维这时才突然注意到,那块散发着炫目红光的晶体并非完整的圆球体,而是由尺寸各异的多块晶体嵌合在一起组成的——每一块嵌合晶体的表面上都覆盖着一层仍在跳动的心脏瓣膜,这才导致晶体的光芒变成了红色。

"不过这就奇怪了,他拿到心脏那么多年都没事,为什么偏偏到了这里却遭遇辐射惨死?"拉苏尔不解地自言自语道,一边伸手去翻布鲁格施随身的物品。

拉苏尔将布鲁格施压在身下的一个背包轻轻扯了出来,一件一件东西往外掏着,望远镜,指南针,地图应有尽有。眼看背包里的东西快要掏完,拉苏尔突然露出惊喜的表情,从背包内层拿出一个油纸袋来,打开油纸袋,里面是一卷枯黄的莎草纸。

"这是什么?"戴维看着莎草纸上密密麻麻的一大片不认识的线条文字,感觉头都大了。

"这是埃及圣书体的简化版本——僧侣体,现代字母文字的雏形。"拉苏尔将纸莎草抚平展开,"你还记得阿布德在老宅里留下的记录吗?他说布鲁格施从一具石棺里发现了一卷写满古埃及文字的莎草纸,还真找到了。"

"怪不得你要翻他的背包……"戴维说着,忽然住口不言,他发觉正读着莎草纸记录的拉苏尔眉头紧锁,"怎么?放射病又开始发作了?"

"不……我没事。"拉苏尔展开莎草纸卷时,手都在颤抖。他抬起脸看着戴维,"是这莎草纸上记录的内容,实在是……让人难以置信。我来翻译给你听。"

……那颗蕴含着强大魔力的东西从天空落下,它的光芒就像是传说中的荷鲁斯之眼,能将黑夜映成白昼,已经持续数百年不曾熄灭,所有靠近它的人很快就会迎来死亡。古代的祭司们发现它的魔力十分强大,用它持续照耀涂饰着蓝漆的太阳船,就能积蓄巨大的力量,推动这种神圣葬具飞跃金字塔,升入天空,直指猎户座——众神的居所……

我们发射了三艘太阳船,但都坠毁了,就在第四次准备完毕之际,外邦人在他们的小岛中设计阴谋,他们向着埃及而来,烈火在他们前面,他们染指的区域一直伸展到大地的尽头。敌人从河口登陆,国王的战士在岸边迎战,但是失败了。外邦人蹂躏国王的国土,杀戮国王的子民。

身为国王的祭司,我们不能让国王的遗体遭到破坏,也不能让荷鲁斯之眼与太阳船落入外邦人之手,我们连夜开启坟墓,将国王们的遗体转移至此。

秘密记于文、镌于石,则有泄露损毁之忧,唯有永恒之物才能传诸后世。我们亵渎了国王的遗体,通过第二次启口仪式,用小刀改变他们的口舌位置,将秘密藏在他们的声音里;之后打碎了荷鲁斯之眼,藏于国王体内。

那些和我一起来的祭司都死了,我也命不久矣。我害怕秘密将永远无人发现,数百年的智慧不复存在,于是我将其记录下来。不要让我们的心血消失,不要让我们的智慧断绝,不要让贪婪的手玷污荷鲁斯之眼。

切记,荷鲁斯之眼能消灭一切生命,唯有神的血肉能将之隔绝。不要打开包裹,不要在赫利奥波利斯的太阳神殿外将其合并,代替我们完成使命,愿荷鲁斯神的光芒照耀你,愿九柱神与你同在……

拉苏尔和戴维面面相觑,这比之前发现法老们的死者留言还要震惊。

"这……这是什么啊?"戴维满脸惊疑,终于忍不住打破了沉寂,"上古航天技术?"

"我也说不清这到底是什么……"拉苏尔皱起眉头,"但是二十世纪对大金字塔的考古中,确实在金字塔旁边发掘出了五个深坑,其中两个坑里都埋着太阳船,剩下三个则是空的……"

"'发射了三艘太阳船'……就是说他们真的……把一艘船,发射上天了?"戴维实在难以置信,"三十五个世纪之前的古人?"

"对了,你还记得山洞里的壁画吗?"拉苏尔抬起头问道,"那些正要起飞的太阳船、从高空坠落的船员,还有和太阳神一起立于船上的法老!当时我们都以为那不过是神话故事!"

"等等,你是说?"戴维听拉苏尔这么一提,一下就回想起了那些壁画,"那幅岩画就是在描述太阳船发射的全过程?"

"我们开始都以为开头那幅岩画模糊不清是因为风化的缘故,现在回想起来,也许那幅画不是模糊不清……而是因为发射太阳船的时候,那颗被称为'荷鲁斯之眼'的晶体在发光!"拉苏尔分析道。

"你说这东西可以发射太阳船?这太不可思议了!"

"嗯……或许我们可以亲自验证一下……"拉苏尔突然开口道,"还剩下两艘太阳船……"

"你疯了?"戴维被拉苏尔这大胆的想法吓了一跳。

"不,我真的这么想。"拉苏尔盯着基座上的发光晶体,眼睛里闪烁着异样的光芒,"毕竟他们也希望我们能继承他们研究了数百年的'航天'技术,不要让它断绝。

"来,让我把这颗心脏拼回去。"拉苏尔伸手去拿戴维手里的心脏,"这下我们就能看到荷鲁斯之眼的本来面貌了。"

"你真的疯了!"戴维叫了起来,不肯把心脏交给眼前这位认识了没几天的挚友,"上一个试图把它们拼起来的布鲁格施的下场你也看到了!它真的会杀死你!"

"人都是要死的,戴维。"拉苏尔走过去,伸手拍了拍全身发抖的戴维的肩膀,露出平静的笑容,"但这一次,我们已经是历史的见证者和人类智慧的传承者。"

说着,拉苏尔从戴维手里接过心脏,这次戴维没再抗拒——他的视线有些模糊,"拉苏尔……或许我们可以把它带回霍洛威大学的实验室,用先进的设备去分析它,说不定咱们两个都能得救!"

"来不及了,如果我们两个必须牺牲一个的话,那就让我来吧。"拉苏尔摇了摇头,"毕竟是我把你卷进这件事里的。

"只要能发射太阳船,完成古埃及祭司的遗言,我死而无憾!"拉苏尔握着心脏走向黄金基座上耀眼的晶体,"如此轰动的大事,作为知情者,他们一定会想方设法让你活下去的。"

"拉苏尔!"戴维看着拉苏尔的背影,泪水止不住地滑落。

拉苏尔回头看了一眼戴维,他紧抿嘴唇,随即露出灿烂的笑容,"你最好退开一段距离。如果我发生什么意外,你还可以替我……替我们来完成太阳船发射。"

戴维眼睁睁地看着拉苏尔剥开亚麻卷,将那颗跳动着的火红心脏暴露在了空气中,就在它的红光再次暴涨的一瞬间,拉苏尔用力将它按在了发光的晶体残缺处。

伴随着一阵刺耳的晶体鸣啸,一道如同太阳般炫目的光芒瞬间将整个神殿完全淹没,戴维被这道爆闪的强光刺得眼前产生一阵黑雾,半天都没恢复过来,耳朵里也是一阵嗡嗡声。

但是他已经顾不上这些,凭着记忆朝着黄金基座的方位跟跄跑去,大声喊道:"拉苏尔!拉苏尔!你怎么样?"

空气中的余温仍未散去,戴维身上的盖革计数器也响个不停,他终于摸到了黄金基座的边缘。拉苏尔正蜷缩成一团,倒在基座上发出痛苦的呻吟。戴维爬上去一把抱住他,"喂,你怎么样?能听到吗?"

"太伟大了……太伟大了!"拉苏尔突然抓住戴维的手臂,睁开眼露出疲惫的笑容,"他们太伟大了!"

"你在说什么?你有没有事?"戴维担心地问道。

"我没事,戴维。他们保护了我,他们用智慧和勇气保护了我!"拉苏尔扶着戴维挣扎起身,激动地看着黄金基座上那颗闪耀着神圣光芒的球体——荷鲁斯之眼,"看啊,古代埃及人,还有十九世纪的法国考古学家,他们联手驯服了这恐怖的怪物!"

"看到了吗?"经过拉苏尔的指点,戴维才注意到这颗球体被包裹在一层闪烁着金光的半透明红色瓣膜中,再往外则是一圈肉眼几乎不可见的微弱光圈,当戴维惊讶地试图伸手去触碰那若有似无的光圈时,却被拉苏尔一把拉住——

"别把手伸进去!"劫后余生的拉苏尔说道,"刚才我强行把心脏塞进去的时候,那些奇怪的光圈给我的手狠狠来了一下,现在还疼。"

"不,不,这可不是什么奇怪的光圈。"戴维仔细看了半天,一脸惊讶,"那是一层用来屏蔽辐射的电磁层!"

"电磁层?"

"看来古埃及人修建这座地下神庙时,将利用埃及蓝涂层所发出的电能传导到黄金基座上,电流和晶体释放的辐射相激,最终制造出了这层电磁屏障,将荷鲁斯之眼带来的致命辐射隔绝起来了。"戴维的眼睛里满是兴奋,"真是天才的创意,用恶魔的力量将恶魔自己困于牢笼!"

"不过,更里面的那层……难道是法老们的心脏?"戴维的目光透过电磁屏障,惊讶地张大嘴,看着里面那层闪烁着金光的半透明瓣膜,那些显然是人体组织。

"看。"拉苏尔将手里的亚麻卷全部展开,戴维这才发现亚麻卷中间的夹层里缝满了金箔,难怪刚才拿在手里的时候感觉有些沉,"埃及人认为黄金是众神肉体的组成部分,也就是神的血肉。

"那封信里也说了,只有神的血肉才能隔绝其危害。"拉苏尔指着那圈包裹住荷鲁斯之眼的心脏瓣膜说,"古埃及的祭司们用嵌着金箔的亚麻卷包裹住装有晶体碎片的心脏,让它的辐射不至于致命。日久天长,因为辐射的缘故,一部分黄金渗入了法老的心脏,等到十位法老的心脏全部聚集在一起,这些含有黄金的心脏就成了防止辐射泄露的第一道屏障。正因为有这样的双保险,我才没有被刚才荷鲁斯之眼重铸时释放的巨大能量杀死。"

"那他怎么会……"戴维疑惑地看着一边倒在地上的布鲁格施的干尸,"他可是拿着九颗心脏来的。"

"那恐怕永远都不会有人知道了。"拉苏尔叹了一口气,和戴维一起朝着布鲁格施的干尸鞠了一躬,向这位勇敢的十九世纪的先驱致敬,"当然,如果不是他将九颗心脏提前带过来并放置在此,那今天躺在这里的就是你和我了。"

"是那些死者拯救了我们,我们欠他们一条命。作为回报,现在该轮到我们来完成他们的心愿了。拉苏尔,让我们一起活下去,向全世界讲述他们的故事吧。"戴维由衷地说道。

"很高兴你能这么想,戴维。"拉苏尔欣慰地笑了。

话刚说完,拉苏尔两眼一闭就向后便倒,戴维慌忙扶住他时,发现拉苏尔全身不受控制地剧烈痉挛着,显然已经失去了意识。

戴维心里顿时凉了一半,他知道拉苏尔身上的放射病已经开始猛烈发作,他最担心的事情还是发生了——他们没有多少时间了。

戴维架着已经昏迷不醒的拉苏尔踉跄地穿过地道重新回到地面,眼看着夕阳西下,他将拉苏尔扶坐在副驾驶位上,自己驾车在傍晚的开罗街头狂飙起来。拉苏尔在颠簸中短暂苏醒过来几次,但都没来得及说话,就再度昏迷过去。

一个多小时后,三座巍峨的金字塔终于出现在戴维眼前。在戴维的朦胧泪眼中,他似乎看到一艘金色的木船从金字塔的背面轰然跃出,展开风帆翱翔于天空,直冲红色的夕阳而去。他激动得想要大叫,但他不敢,他不知道自己还能撑多久,所以必须保存体力——如果他也倒下,那他们两个就真的都完了。

"至少让我完成太阳船的发射!"戴维狠狠擦了一下眼睛想道。

这时他才发现夕阳早已落下,只剩下漫天的璀璨星河笼罩着他们。

银河,那条晶莹的"河流",像是由梦境织就的细纱,由北向南横跨夜空。

那是多少次人类仰望星空织就的梦啊!

在原址上陈列太阳船的展馆早已闭馆,值班的守卫也已经坐在椅子上打起了瞌睡,就在守卫半睡半醒之间,背靠的墙面猛地一震,随着一声震耳欲聋的巨响,他身边不远处的墙面竟然被撞出一个大洞——一辆被撞到变形的半截车身正停在他眼前。

被这突然的剧变吓傻了的守卫惊恐地看着车身前排的两个人,其中一个人头歪到一边不知是死是活,驾驶席上的那个人则双眼通红、一副咬牙拼命的样子,当他恶狠狠的眼神扫过守卫时,守卫以为遇到了强盗,乖乖地举起了双手。

"我们是大埃及博物馆的人。"戴维将拉苏尔的证件举起来给守卫看,对方慌忙点头,"你快离开这里,我们今晚要在这里……做点研究。

"另外,这些你拿去,不要报警,明白吗?"戴维把手表、手机和现金全部掏出来塞到惊呆的守卫手里,"至少今晚不要报警!"

那个守卫闻言,如蒙大赦一般没命地逃了出去——看他慌乱的样子,显然还没来得及反应大埃及博物馆的研究人员为何会半夜驾车破墙而入。

戴维解开安全带,架着半昏半醒的拉苏尔跌跌撞撞地朝着展馆内走去,这间展馆紧挨着金字塔,并不是很大,戴维一眼就看到展馆内原址展出的两艘太阳船——和祭司留下的信件中所说相同,这两艘太阳船的船体上果然也涂满了埃及蓝涂料。

直到这时戴维才意识到问题所在——他不知道太阳船的发射是否有顺序。如果有,这两艘一模一样的太阳船,究竟哪艘才是已经准备好了的第四艘?

可恶,如果拉苏尔还醒着的话,他肯定一眼就能看出是哪一艘。戴维看着船体上那些画满动物和稀奇古怪符号的圣书文字,狠狠地想道。

但此时拉苏尔虚弱不堪,像是随时都会死去——也许当初在神殿里他就是强撑着最后一口气不让自己倒下,所以才会如此坦然地面对死亡……

眼下只能靠他自己来想办法了!

"不要死,我一定会想办法救你的!"戴维扶着拉苏尔大叫道。

扶着拉苏尔走动,让同样遭遇辐射的戴维也疲惫不堪,但是他咬着牙不让自己倒下——否则明天早上,守卫和警察就会看到展馆里的两具尸体。

"该怎么办?"戴维焦急地自言自语道,他的目光在两艘船首相抵的太阳船上看来看去,两艘船原本已经腐朽的船帆,已经得到了现代文物修复师的复原,船体的埃及蓝涂层也修复如新,"一定有办法来区分这两艘船的!"

船帆?两艘都已经换过了。

涂层?也有修补的痕迹。

船体?并没有不破坏涂层就能看到船体内部结构的办法。

戴维不断地想着一切方法,却又一个个被他自己彻底否定。

那些埃及工匠是怎么做到区分相同的太阳船而不至于弄错发射顺序的？戴维咬着牙涨红了脸急切地想道。

就在这时，仿佛有一道闪电击中戴维的脑袋，在他的眼前恍惚间浮现出这样的情景——漫天的黄沙之中，那些服务于王家的工匠冒着毒辣的太阳，正用简陋的石制和青铜工具，用肩扛手拉的原始方式，将巨大沉重的太阳船一点点挪到金字塔边，小心翼翼地在祭司的指引下调整船头的方向，为下一次发射太阳船做好准备。

对啊！戴维狂喜地想起祭司留下的信中的原话："太阳船飞跃金字塔，升入天空，船首遥指猎户座——众神所居之处……"

猎户座，猎户座！这两艘船里一定有一艘已经调整好角度，正朝着天空中猎户座的方位！

戴维惊喜地抬起头，视线透过展馆的玻璃天窗和投下巨大阴影的金字塔的顶尖，看向漫天璀璨的星河——接下来只要知道哪个是猎户座就行了！

戴维以前并不是一个经常抬头仰望星空的人，让他从漫天星河中辨认出猎户座，实在是强人所难。但身为现代人，这也并非什么难事——只要用手机上网一搜，就能知道猎户座的方位。

戴维正要伸手去掏手机，突然反应过来，刚才贿赂守卫的时候，已经把手机给出去了……他又赶紧去摸拉苏尔身上的手机,这才发现拉苏尔的手机早就因为地下神庙里的强辐射而烧坏了主板。

"可恶!"彻底断绝了一切外援的可能,戴维为自己的愚蠢而悔恨。

"麦尔科特……"就在这时,一直昏迷不醒的拉苏尔稍微恢复了一点意识,他看着戴维,虚弱地开口道,"这是古埃及祭司用来测量天空中星体位置的工具,又叫悬尺,结构并不复杂,你可以用这里有的东西自制。"

按照拉苏尔的指示,戴维从管理处办公室里找来一把塑料尺子,拆了一根扫帚的棍子,又用塑料绳把一个墨水瓶吊在了棍子上,这就是所谓悬尺的全部要素了。

坐在地上的拉苏尔双手握住棍子,让吊在木棍一端的墨水瓶和地面自然垂直,戴维则握住尺子的一端,让另一端和棍子完全平齐——他缓缓蹲下身子,利用与地面持平的尺子来寻找不同仰角的夜空群星。

"先找天狼星,往南边夜空看,高度角约四十度,找到了吗?最亮的那颗就是天狼星。"拉苏尔背靠在护栏上,虚弱地说,"天狼星正南方向上有三颗紧密排列在一起的星体,那就是著名的猎户座腰带。"

"我看到了!"戴维激动地指着猎户座,沙哑着嗓子说道——放射病的症状在他身上也开始出现了。

接着,他指着左手边的那艘船首正朝向天空中猎户座方向的太阳船说道:"就是这艘!"

"很好。"拉苏尔露出久违的笑容,"戴维,我突然想到,或许我们不能让荷鲁斯之眼落入任何人手里……"

"你说得没错。"戴维想了想点头道,"如果这个恐怖的能量源流传到外面,估计会引起无数麻烦,甚至更糟。所以?"戴维看着拉苏尔,后者和他一同露出心领神会的表情,"我们直接把这颗晶体装在这艘太阳船上,让它带着这个足够令整个世界陷入疯狂的东西一起离开地球?"

"就这么做吧。"拉苏尔说着,沉重的眼皮逐渐耷拉下来,他的声音变得越来越微弱,"历史会证明我们并非人类的叛徒。"

戴维看着再度陷入昏迷的拉苏尔,露出一丝苦笑。他抱着装有晶体的盒子艰难地翻过半人高的护栏,整个人直接面朝下摔进了摆放着太阳船的深坑里,但此刻他已顾不上疼痛,咬着牙手脚并用地向着那艘船的尾部爬去。

在那里,他果然看到了一个足够嵌入一颗球体的凹洞。之前的考古学家们都以为那是安装船舵的地方,只有他知道不是。

"飞吧。"戴维用力掰开箱子上的封锁,将手伸进去,隔着法老们的心脏瓣膜将散发着炫目光芒的晶体拿了出来,用力塞进了船尾的凹洞里,那颗晶体果然丝毫不差地嵌合在船体上,"带着那些古埃及人的信仰,带着人类勇敢探索未知的精神,飞到宇宙中吧!"

这再简单不过的动作,已经耗尽了戴维最后一丝力气,做完这些,他翻了一个身,仰面朝天躺在了坑底。

"轰隆——"巨大的船体撞碎了墙壁和天窗,掉下的碎片险些砸中戴维,他眼角的余光里看到那些碎片万幸没有砸中蜷缩在护栏后的拉苏尔。

戴维虚弱地抬起头,只感觉一阵阵反胃,他知道那是放射病开始发作了,但是他已经连动都动不了,只能尽可能地抬起头,看着那艘太阳船被笼罩在炫目的圣光里,缓缓朝着前方的金字塔斜坡开始前进,船首直指天空中明亮的猎户座。

"嘶——"船体摩擦着斑驳坑洼的金字塔表面发出刺耳的巨响,船底的青铜部件甚至和粗糙的石面摩擦出火星来,但那艘巨大的太阳船轻而易举地冲破这些阻碍,仍在持续加速,逐渐逼近金字塔的塔尖。

这个速度……能发射上去吗?戴维忽然发现自己的意识已经开始模糊,他用力让自己的头顶着地面,希望能有块有棱角的石头刺痛自己以换来片刻的清醒。

就在这时,那艘巨大的船体已经加速到了一个远远超过现代火箭发射的速度,轰的一声从金字塔的塔尖上越过,像一团巨大的光球,朝天空直冲而去。

"飞起来了!"戴维想大声叫好,但是他已经没有叫喊的力气。

那道光点在仰面朝天的戴维眼中飞快缩小,开始还像是天空中耀眼的太阳,后来逐渐黯淡下去,变成了天空中的又一轮月亮。应该正在突破大气层吧?不知道木制的船体能不能经得住大气层摩擦的高温?

果然,就在戴维的眼前,那道逐渐黯淡下去的光点周围,突然拖出一道炫目的赤红尾焰,那火焰是如此突然又如此惊人,仿佛一条黑暗中突然出现的数百米长的火蛇,正缠绕着木制的太阳船船体,一起朝着更高、更深远的漆黑夜空飞去。

戴维残存的最后的意识里,他又想起了拉苏尔曾经给他讲过的一个埃及神话,在那个有关太阳船的故事里,众神护卫着太阳神拉的船穿越地下冥河,在最深的地底深渊中,一条巨蛇正潜伏在黑暗里,等待着吞噬太阳船。此刻,戴维自己就好像在俯视地底深渊一样,跟随着那些"搭乘"着太阳船的众法老一起,正迎着黑暗中来袭的火焰巨蛇,毫不畏惧地奋力前行。

大埃及博物馆的法老木乃伊陈列室里,身上还缠着术后绷带的拉苏尔和戴维站在展厅正中,看着慕名而来的游客参观着最新发现的阿赫那顿法老的木乃伊和英国归还的祭司木乃伊。

"那天多亏负责的守卫报警,警察才发现被掩埋在废墟里的我们,并把我们送到医院抢救。"戴维欣慰地笑了,"否则我们就死定了。"

"毕竟弄丢了一艘太阳船,要是他们花了大价钱抢救回来的嫌犯再死掉的话,他们的脸就丢完了。"拉苏尔看着守在门口、难掩尴尬的几个警察,压低了声音,"我快受不了他们整天盘问那艘太阳船的下落了,到现在都不忘盯着我们,是怕我们再去把最后一艘太阳船也变没吗?"

"你认为它已经飞到太空中了吗?"戴维好奇地问道,这是他一直纠结的问题。

"我们相信就好。"拉苏尔抬起头,视线越过展馆的高窗,那里有一轮炫目的太阳高挂天空。

戴维看了一眼手机,珀西又发来资料了,"对了,你还记得上次你问我的古埃及异常现象的事情吗?我觉得你会对这一段感兴趣!"

> 二十二年[1]洪水季第三日六时,生命之宫[2]的抄写员看见天上飞来一个火环,它无头,长一杆,宽一杆,无声无息,火环强而有力,其光足以蔽日。抄写员惊惶失措,俯伏在地。他们向国王报告此事。国王站于军中,与士兵静观奇景,并下令核查所有生命之宫纸莎草纸上的记载。入夜时,火环自南天坠入河中,河水盈沸数日不止,喷出恶臭。国王向神祷告,祈求平安,并下令将此事记录在生命之宫的史册上以传后世……

---

1. 指图特摩斯三世在位的第二十二年。
2. 古埃及宫廷文献收集处,类似于档案馆。

戴维笑了笑，目光从手机屏幕上抬起，他从图特摩斯三世的木乃伊开始，依次看着那些"伴随"着太阳船飞向太空的法老的木乃伊，一直看到最后的拉美西斯二世，这十位法老的木乃伊终于可以永远地安息在他们曾经统治过的大地上。

看着拉美西斯二世木乃伊两鬓残留的火红色头发，戴维像是发现了什么，突然惊讶地瞪大眼睛，转头看向拉苏尔头上那同样的火红色头发。

原创小说征稿启事

长期有效

《银河边缘》编辑部

《银河边缘》系列丛书是由东西方科幻人联手打造的科幻文库,致力于展示国内外优秀的科幻小说。与此同时,我们每年将推选六篇中文原创作品翻译并发表在美国版《银河边缘》(GALAXY'S EDGE)杂志上。

在此,我们向国内广大原创科幻作者约稿——

我们以"惊奇、畅快"为原则,着力呈现中外科幻名家及新人作者的短篇、中篇佳作,展示更具野心的科幻作品,呼唤长篇时代的到来。

欢迎加入《银河边缘》QQ写作群 → 581159618

| 投稿邮箱 | tougao@8light-minutes.com
sf-tougao@newstarpress.com
| 邮件格式 | 作品名称+作者名
| 字　　数 | 不限【1.2万字以内的短篇佳作将有优先翻译发表的机会】
| 稿　　费 | 150～200元/千字，优稿优酬
| 审稿周期 | 初审15个工作日回复（长篇除外）
| 审稿标准 |
· 想象力：这是科幻小说的核心与灵魂，也是审稿的首要标准。
· 代入感：作者通过剧情、人物等元素，使小说易读，令读者沉浸其中。
· 剧情逻辑：在人物动机、事件逻辑上没有明显漏洞，不会让读者"跳戏"。
· 辨识度：鼓励创作认真观察时代、真诚表达自我的中国科幻故事。
| 注意事项 |
· 务必保证投稿作品为本人原创，从未发表于任何平台。
· 切忌一稿多投。
· 小说请以附件的形式发送邮箱，注意排版，合理分段。
· 请在邮件末尾提供个人联系方式，如真名、QQ、手机等。
· 咨询电话：028-87306350

图书在版编目（CIP）数据

种植宇宙 / 杨枫主编．——北京：新星出版社，2022.6
（银河边缘）
ISBN 978-7-5133-4954-3

Ⅰ．①种… Ⅱ．①杨… Ⅲ．①幻想小说-小说集-世界-现代 Ⅳ．①I14

中国版本图书馆CIP数据核字(2022)第090337号

银河边缘
种植宇宙

杨　枫 主编

责任编辑：	施　然
监　　制：	黄　艳
责任印制：	李珊珊
装帧设计：	冷暖儿　张广学
出版发行：	新星出版社
出 版 人：	马汝军
社　　址：	北京市西城区车公庄大街丙3号楼　100044
网　　址：	www.newstarpress.com
电　　话：	010-88310888
传　　真：	010-65270449
法律顾问：	北京市岳成律师事务所
读者服务：	010-88310811　service@newstarpress.com
邮购地址：	北京市西城区车公庄大街丙3号楼　100044
印　　刷：	北京美图印务有限公司
开　　本：	787mm×1092mm　1/32
印　　张：	8.5
字　　数：	162千字
版　　次：	2022年6月第一版　2022年6月第一次印刷
书　　号：	ISBN 978-7-5133-4954-3
定　　价：	48.00元

版权专有，侵权必究；如有质量问题，请与印刷厂联系更换。